LA NINFA DEL CIELO

Tirso de Molina

PERSONAS QUE HABLAN EN ELLA:

- **CARLOS, duque de Calabria**
- **DIANA, su mujer**
- **ROBERTO, criado**
- **NINFA, condesa de Valdeflor**
- **ALEJANDRO**
- **LAURA**
- **CÉSAR**
- **HORACIO**
- **JULIO**
- **CARDENIO**
- **FABIO**
- **POMPEYO**
- **UNA MUJER**
- **Un CORREO**
- **Un LABRADOR**
- **LA MUERTE**
- **Un ÁNGEL**
- **ANSELMO, ermitaño**
- **SILENO, labrador**
- **El Diablo BARQUERO**
- **Jesús CRISTO**
- **Dos MARINEROS**
- **ALCINO, labrador**
- **ERGASTO, labrador**
- **FILENO, labrador**
- **Un PASTOR**
- **MÚSICOS, que son los labradores**

JORNADA PRIMERA

ROBERTO: Dirás que no es necedad
la caza, en que el tiempo pierdes
y lo mejor de tu edad,
pues pasas los años verdes,
Carlos, en la soledad.
    Un filósofo decía
que sólo un bruto podía
vivir en ella contento;
que al humano entendimiento
agrada la compañía.
    Tú, entre robles y entre tejos,
gustas de andar todo el año,
siempre de la corte lejos,
sin que te escarmiente en daño
ni te enfrenen los consejos.
    Donde vas tras un halcón
que, remontado y perdido,
imita tu inclinación.
CARLOS: Los criados siempre han sido,
Roberto, de una opinión.
    ¿Cuándo el gusto en el servicio
pareció del dueño bien?
Porque es murmurar su oficio,
y estar quejosos también
de poca lealtad indicio.
    Nuestros altos pensamientos
desdicen de los intentos
que tenéis siempre vosotros,
y nunca estáis de nosotros
satisfechos ni contentos.
    Somos, cuando no gastamos,
miserables; cuando hacemos

grandezas, locos estamos,
si callamos, no sabemos;
si somos graves, cansamos;
   la llaneza nos estraga,
nada intentamos sin paga;
no hay cuando más les obliga
hombre que verdad nos diga
ni bien de balde nos haga;
   nunca tenemos amigos,
porque son nuestros criados
necesarios enemigos.
ROBERTO: Serán los poco obligados;
que los fieles son testigos
   que te sirvo como un perro
en el cuidado y lealtad,
siguiendo de cerro en cerro
tu caza o tu necedad,
siempre en perpetuo destierro;
   que de esto no he murmurado
por costumbre de criado,
de quien no hay señor seguro;
como hombre humano murmuro
por tu gusto desterrado.
   A ser las garzas, señor,
que venimos a volar
mozas, no fuera rigor
de un marqués de Mantua andar
hecho siempre cazador;
   pero una garza que al cielo
sube, ¿qué me importa a mí
que un neblí la abata al suelo
si mi apetito es neblí
de más ordinario vuelo?
   Toda mi volatería
es conquistar a Lucía
o a Marina, que jamás
se resistieron, y es más
descansada cetrería,
   comer bien, cenar mejor,
haciendo después, señor,

de la gala y del paseo
alfaneques del deseo
y tagarotes de amor;
   y no andar de sierra en sierra
con oficio que embaraza
y a tantos nobles destierra.
Responderás que la caza
es imagen de la guerra,
   que es de todos opinión
para que gusto no atajen
a los que de aquéste son;
y yo digo que a esta imagen
tengo poca devoción.
   Siempre que siendo aprendiz
del mar, que es danés Urgel,
me pongo el guante infeliz
y luego el halcón en él,
me considero tapiz
   y pienso que estoy colgado
en la sala de un letrado
entre David y Sansón.

CARLOS: ¡Extraña imaginación!
ROBERTO: Estoy como halcón templado
        y pueden cantar en mí.
CARLOS: ¿Dónde dejaste, Roberto,
        nuestros caballos?
ROBERTO: Allí
        los dejé arrendados.
CARLOS: Muerto,
        por socorrer al neblí,
           traigo el bayo.
ROBERTO: Mi alazán
        quiso correr por los vientos,
        y pienso que quedarán
        aguados como contentos,
        según cansados están.
CARLOS: No hay que tener del halcón
        por esta noche esperanza.

ROBERTO: Ni aun de cenar, que es razón;
             de quien hace confianza
             en viento, castigos son,
               que como camaleones
             hemos de gastar del viento
             donde tu esperanza pones,
             que son torres sin cimiento
             las alas de tus halcones.
CARLOS: Ningún cazador parece
             de los míos; y anochece
             a más priesa, ¿qué haremos?
ROBERTO: Buscar adonde cenemos,
             que fortuna nos ofrece
               aquí una hermosa alquería,
             aunque en edificios creo
             poco de la suerte mía
             hipócritas del deseo,
             todo vista y fantasía.
CARLOS: No es bien la desautorices,
             que del dueño nos ofrece
             esperanzas más felices.
ROBERTO: Todo es ventanas; parece
             edificio de narices.
               Más que dormir me remedia
             a mí el comer, y habra sido,
             como dicen, vida media,
             ya que nos hemos perdido
             como reyes de comedia.

Dentro relinchos y alegría

CARLOS: Gente suena.
ROBERTO: Labradores
             deben de ser que de flores
             dulcemente coronados
             son ladrones de estos prados
             y cantando, ruiseñores.

CARLOS: El trabajo y la labor
        deben de acabar.
ROBERTO: Es cierto,
        y se irán a Valdeflor.
CARLOS: ¡Alegre vida, Roberto!
ROBERTO: Para un jabalí, señor.

*Salen los LAURA, ERGASTO y los MÚSICOS y la
MÚSICA, todos de villano con guirnaldas, y cantando esta
letra*

MÚSICOS: *"Que si viene la noche*
        presto saldrá el sole,
        que si viene la noche,
        con la luna alegre
        presto saldrá el sole,
        de estos campos verdes
        el día y la noche
        presto saldrá el sole."

ROBERTO: Buenas noches, gente honrada.
MÚSICO 2:   Vengan muy enhorabuena,
        que aliñada está la cena.
ROBERTO: Más el embite me agrada
        que la música, ¡par diós!
MÚSICO 3:   Debemos de cantar mal.
ROBERTO: Traigo una hambre cerval,
        aquí para entre los dos,
        y ésa es la causa.
MÚSICO 2:   No habéis
        llegado a casa vacía.
CARLOS: ¿De quién es esta alquería?
MÚSICO 2:   ¿Sois noble y no lo sabéis?
CARLOS: No estuve otra vez aquí,
        porque esta vez que he venido
        ocasión la caza ha sido
        por socorrer un neblí
        que ha que seguimos tres leguas
        con este mismo cuidado,

hasta que la noche ha entrado
pidiendo al cansancio treguas,
  que los caballos están
de cansados y rendidos
sobre la hierba tendidos.

LAURA: Ergasto, ¿no es muy galán?
ERGASTO: ¿Ya le has mirado?
LAURA: ¡Pues no!
  ¿Estoy yo ciega?
ERGASTO: Ojalá
quedes. Pues Laura, lo está
la que antes. Loca, miró.
  Así fuerais las mujeres
ciegas como la Fortuna,
porque no hubiera ninguna
de tan varios pareceres;
  la vista os echa a perder,
que para nuestros enojos
son basiliscos los ojos
de la más bella mujer.
  No habéis menester oídos
ni lengua, que si son bellos
y libres, tenéis en ellos
todos los cinco sentidos;
  que fuerais--no son antojos
sino experiencia de males--
bellísimos animales
a haber nacido sin ojos.
LAURA: Pues yo me los sacaré
por no darte pesadumbre.
ERGASTO: Y verás por la costumbre
que tienes de ver.
LAURA: A fe
que no imaginé jamás
darte celos.
ERGASTO: No son celos,
sino unos nobles recelos
de estimarte, Laura, en más.

CARLOS: Al fin, ¿Ninfa, la condesa
                de Valdeflor, vive aquí?
MÚSICO 3:   Gusta del campo, y así
                la caza también profesa,
                  porque después que heredó
                a Valdeflor, esa villa
                que está del mar en la orilla,
                aunque tan moza quedó,
                  se retiró a esta alquería,
                donde de esta suerte pasa
                que os he dicho.
CARLOS: ¿No se casa?
MÚSICO 2:   ¡Lindo es aqueso, a fe mía,
                para su condición!
CARLOS: ¿Cómo?
MÚSICO 3:   Da en aborrecerlo en suma.
CARLOS: Mire que el tiempo es de pluma
                para esperanzas de plomo,
                  y si le deja pasar,
                pensando verse empleada
                en un rey, vieja y burlada
                será posible quedar
                  sin dejarle a Valdeflor
                heredero, porque dura
                poco la humana hermosura.
MÚSICO 2:   No hay en Nápoles señor
                  que no la haya pretendido
                para casarse con ella,
                y ella a todos atropella
                porque no quiere marido.
                  Su inclinación solamente
                es el campo y ejercicio
                de la caza, y no otro vicio.
ROBERTO: Debe de ser impotente.
CARLOS: Calla, loco.
MÚSICO 2:   De los hombres,
                en tratándole, señor,
                de casamiento o amor,
                aborrece hasta los nombres;
                  y como si un hombre fuera,

hace dos mil maravillas
a caballo en las dos sillas,
y a pie robusta y ligera.
   No hay quien la gane a tirar
todo cuanto alcanza a ver,
quien la aventaje a correr
ni quien la rinda a luchar.
   Fatiga al agua y el monte
con los perros diligentes
y con aves diferentes
las que tiene este horizonte,
   y así en el agua, en los vientos
y en la tierra poder tiene
y a ser absoluto viene
dueño de tres elementos.
   A competir con el sol,
a quien en belleza gana,
salió al monte esta mañana
en un caballo español,
   sobre cuya piel manchada
mostró tanta bizarría,
que acobardó los del día
llenos de espuma dorada.
   Sobre una corta basquiña
un vaquerillo sacó,
que pienso que el sol bordó,
porque de rayos le ciña,
   formando crespas espumas
de oro el cabello en su esfera
con un sombrero o montera
hecho una selva de plumas;
   espada pendiente al lado,
una pistola al arzón
y en esta mano un halcón.
CARLOS: ¡Bellamente la has pintado!
   Parte de dicha habrá sido
perderme, aunque puede ser
que de ver esta mujer,
Roberto, esté más perdido.

ROBERTO: No hayas miedo, que no tienes
          tan honrada inclinación;
          si esta mujer fuera halcón,
          pudiera ser.
CARLOS: ¡Lindo vienes!
MÚSICO 2:   Estimará la condesa
          hospedar vuestra persona
          por lo que el talle os abona
          y su grandeza interesa,
             que a muchos que por aquí
          pasan lo mismo hacer suele.
CARLOS: ¿No es hora ya de que vuele?
MÚSICO 2:   Ya no tardará, que así
             a recibirla salimos
          muchos, cantando y bailando
          todas estas noches cuando
          viene de caza, y venimos
             cantando delante de ella
          y bailando, que le agrada
          esta llaneza, cansada
          de la corte.
ROBERTO: No hay doncella
             de tan extrañas costumbres
          desde un mar al otro mar,
          amiga siempre de andar
          entre brutos y legumbres,
             siendo mujer tan hermosa.
          Tórtola debió de ser
          antes que fuese mujer;
          no puede ser otra cosa,
             porque tanta soledad
          sin admitir compañía
          es de la sospecha mía
          prueba.
LAURA: Tañed y cantad,
             que la condesa nuesa ama
          viene.

CARLOS: ¡Gallardía excelente!
MÚSICO 2:   Venga con bien.
CARLOS: Justamente,
Roberto, Ninfa se llama.

MÚSICOS: *Que si viene la noche
presto saldrá el sole.*
UNO: *Que si viene la noche
con la alegre luna
presto saldrá el sole
de nuestra hermosura.*
TODOS: *El día y la noche,
presto saldrá el sole.*

NINFA: Pasead ese caballo
antes que al pesebre vais
con él.
MÚSICO 2:   Con salud vengáis;
que no hay labrador vasallo
vuestro, señora, que en viendo
esa divina hermosura,
respete la noche oscura
que entra estos campos vistiendo.
Agora empieza a nacer
de vuestros ojos la aurora,
y en estos prados, señora,
el abril a florecer;
agora el sol ha salido
y las aves se han cantado,
el alba aljófar llorado
y estas fuentes se han reído.
NINFA: Guárdeos Dios a todos. Pues,
¿qué se ha hecho todo el día?

LAURA: Desean, señora mía,
            estos prados, vuestros pies;
              vuestros ojos, estas fuentes;
            vuestras doradas mejillas,
            las alegres maravillas;
            los jazmines, vuestros dientes;
              que en tanto que estos favores
            aguardan con vuestro aliento,
            buenaa nuevas daba el viento,
            mensajero de las flores;
              y a vuestro hermoso arrebol,
            haciendo nosotros salva,
            como pájaros al alba,
            esperábamos al sol.
NINFA: A tus ojos, Laura, hacían
            esas lisonjas, que son
            albas de más perfección
            que a las del sol desafían.
MÚSICO 2:   ¿Cómo os fue al fin por allá?
            ¿Hallastes en la laguna
            garzas?
NINFA: Y entre muchas una,
            que es cometa pienso ya.
MÚSICO 2:   ¿De qué suerte?
NINFA: Yo llegué
            a la parte que esos cerros
            la cercan, y con los perros
            del agua la levanté,
              y por dar al viento velas,
            quité, luego que la vi,
            el capirote al neblí,
            las lonjas a las pigüelas.
              Hizo una punta en el cielo,
            y ella temiendo la punta,
            al mismo cielo se junta
            desmintiendo al neblí el vuelo;
              revuelve el halcón las alas,
            y tan alta punta dio,
            que encima de ella se vio
            poniéndole al cielo escalas;

        vuelve a bajar como el viento
        y el neblí sobre ella baja,
        que parece que la ataja
        por el mismo pensamiento;
          el pico en ella arrebola
        dos veces y al viento iguala,
        y por debajo del ala
        le descompone la cola;
          otra vez la garza sube
        con más furia que bajó,
        y junto al sol pareció
        él átomo y ella nube.
          Llegó el neblí a acometella,
        y pienso que en este estado
        le dio en el cielo sagrado
        el sol por alguna estrella,
          que nunca más pareció;
        y deslumbrado el neblí,
        hecho un Ícaro, de allí
        a la laguna bajó;
          socorríle, y a la tarde,
        adonde la garza eché,
        dos martinetes volé.
MÚSICO 2:   Muchos años Dios te guarde
          para gloria, para honor
        de estos campos.
ROBERTO: ¡Bien por cierto!
CARLOS: Admirado estoy, Roberto;
        no vi gallardía mayor.
NINFA: ¿Quién es este caballero?
ROBERTO: ¿No dirá--¡cuerpo de Dios!--
        vueseñoría estos dos?
NINFA: Tenéis talle de escudero
          suyo más que de su igual.
ROBERTO: De talle sois entendida;
        mucho sabéis, por mi vida.
CARLOS: Aparta.

ROBERTO: Trátame mal,
        por que no parezca bien.
        ¡Oh envidia, en cualquiera parte
        tu veneno se reparte!
CARLOS: Tiemblo y ardo a su desdén
        con ser mayor su hermosura.
ROBERTO: Luego ¿estás enamorado?
CARLOS: ¡Y loco!
ROBERTO: Aun ese cuidado
        es disculpada locura.
CARLOS: Quiero gozar la ocasión
        de haberme tan bien perdido.
NINFA: Vos seáis muy bien venido.
        ¡Hola¡ guardad ese halcón.
CARLOS: Téngame vueseñoría
        por su esclavo.
NINFA: Yo lo soy.
CARLOS: Roberto, temblando estoy.
ROBERTO: ¡Qué amorosa cobardía¡
CARLOS: Otro neblí me ha traído,
        que socorrer pretendí,
        más de tres leguas de aquí;
        donde tan dichoso he sido
         y espero tanto favor.
NINFA: La persona y ejercicio
        de la caza dan indicio
        de vuestra sangre y valor.
         Cuando os falte ese neblí
        y no le podáis cobrar,
        bien podéis en su lugar
        serviros del que está aquí;
         que a fe que no es menos bueno
        que el vuestro, y le estimo en más
        que a Valdeflor, pues jamás,
        estando el cielo sereno,
         se le escapó, si no es hoy,
        en el viento martinete
        o garza que no sujete.

CARLOS: Puesto que buscando voy
          el que perdido no está,
       no es razón ni cortesía
       quitarle a vueseñoría
       lo que estima tanto ya,
          antes presentarle entiendo
       algunos que aún tengo alas
       con que servirla.
NINFA: Jamás
       cuando dar algo pretendo
          di lo que menos estimo,
       porque no es dádiva aquella
       en que el dueño no atropella
       grande valor.
CARLOS: No me animo
          a ofreceros cosa mía,
       que para vuestra grandeza
       corto don es la riqueza
       que toda el Arabia cría.
NINFA: Conforme a mi condición,
       no tiene cosa ninguna
       de cuantas da la Fortuna
       valor.
CARLOS: Y tenéis razón.
NINFA: Sólo estimo en el presente
       el valor de quien le da;
       mas cesen ofertas ya,
       que es lisonja impertinente,
          y entrad donde descanséis,
       que el halcón que habéis perdido
       puede ser, si aquí ha caído,
       que al nuevo sol le cobréis,
          que no es mala esta posada
       para una noche.
CARLOS: El favor
       que ofrece vuestro valor,
       de que estáis acreditada,
          y os rinde esta soledad,
       no puedo dejar, señora,
       de recibir.

NINFA: Desde agora
              será vuestra la mitad,
                y toda entera también
              para cuando algunos días,
              venciendo melancolías
              que los tráfagos os den
                de la corte, andéis cazando
              y lleguéis a esta alquería,
              que honráis.
CARLOS: Si vueseñoría
              de esa suerte me va honrando,
                quedaré para servilla
              siempre corto y obligado.
NINFA: Si os hubiereis bien hallado
              mañana en esta casilla,
                y os quisiereis detener
              a divertir algún día
              en caza o pesca, os podría
              alguna lisonja hacer,
                porque el duque generoso
              de Calabria, cuyos pies
              besan esos mares, que es
              tan rico y tan poderoso,
                no me podrá aventajar.
ROBERTO: Pienso que te ha conocido.
CARLOS: ¿Cómo, estando sin sentido?
NINFA: Estos campos y este mar
              diferentemente arados
              rinden feudo a esta alquería
              cada noche y cada día
              de cazas y de pescados
                que me tributa Neptuno
              con el anzuelo y las redes.
CARLOS: Ser quiero a tantas mercedes
              agradecido importuno,
                que por fuerza he de aguardar
              algunos criados míos
              que por mar, valles y ríos

perdidos deben de andar,
        y, no sé si tanto ya
como yo.
NINFA: No lo estáis mucho.
CARLOS: ¡Ay cielo! ¿Qué es lo que escucho?
ROBERTO: Picada pienso que está
        también; déjala poner
        en el anzuelo que mira
        y luego el carrete tira,
        que también Ninfa es mujer.
CARLOS: Roberto, es ninfa del cielo.
ROBERTO: Está en carne humana agora.
NINFA: (¡Buen talle de hombre!)   **Aside**
CARLOS: Señora,
        que soy grosero recelo
          en deteneros aquí.
NINFA: Vamos.
CARLOS: No digas quién soy.
ROBERTO: Ya sobre el aviso estoy.
CARLOS: Mayor belleza no vi.
ROBERTO: Habla, atrévete, importuna,
        no acobardes los sentidos,
        pues a los más atrevidos
        favorece la Fortuna.
CARLOS: Temo el natural desdén.
ROBERTO: Nunca quien temió venció.
NINFA: Venid. (No me pareció   **Aparte**
        hombre en mi vida más bien.)
          ¿Cómo os llamáis?
CARLOS: Yo, señora,
        Carlos.
NINFA: Buen nombre tenéis.
ROBERTO: Y para lo que mandéis,
        yo Roberto, y seré agora
          por vos Roberto el diablo.
NINFA: (Carlos, atrevido andáis;   **Aparte**
        dentro del alma os entráis.)
ROBERTO: ¿A quién digo, con quién hablo?
          También soy de carne y güeso;
        labradora celestial,

que estoy herido del mal
de vuestros ojos confieso,
   que dentro el alma me ha hecho
cosquillas y estoy perdido.
Una mano sola os pido.
LAURA: Ésa os hará mal provecho.
ERGASTO: Hidalgo, apártese un poco,
no se le llegue tan cerca
a la labradora.
ROBERTO: ¿Es terca?
   ¿tira coces?
CARLOS: Yo voy loco.
ROBERTO: Y necio.
NINFA: (¿En qué ha de parar **Aparte**
tanto porfiar, amor,
que me güeles a traidor?
¡Ay Carlos!)
LAURA: Volvé a cantar.

MÚSICOS: *"Que si viene la noche*
presto saldrá el sole."

Vanse todos cantando. Suena ruido dentro de embarcación
y hablan dentro los MARINEROS

MARINERO 1:   Antes que sople más el viento, amaina.
Tomaremos el faro de Mesina
con más próspero tiempo.
MARINERO 2:   Echa el esquife,
tomaremos de tierra algún refresco,
o por lo menos agua en esta playa.
MARINERO 3:   Amaina, echa las áncoras a tierra.
¡Fondo, fondo!

Sale ROBERTO por un lado del tablado o en
alto

ROBERTO: ¡Notable vocería!
MARINERO 1:   De aquí saldremos a la luz del día.
ROBERTO: Nave llegó a la playa y fondo ha dado,
        que desde estos balcones con la luna
        las blancas velas amainar se han visto;
        o viene de Mesina o pasa el faro
        cuyo estrecho de mar términos pone
        a las Sicilias dos, siendo de Rijoles
        el puerto de Mesina opuesta playa.
        ¡Qué calma goza el mar! Dátiles pide;
        déselos, pues los tiene, Berbería.
        ¡Oh, mala bestia! ¿Quién de ti se fía?

Sale CARLOS

CARLOS: ¡Roberto!
ROBERTO: ¿Qué hay, señor?
CARLOS: Dichosas nuevas.
ROBERTO: ¿Has heredado a Nápoles acaso,
        o el neblí pareció? ¿Qué traes de nuevo?
CARLOS: La aventura mayor que el cielo ha dado
        a un tierno, a un loco, a un firme enamorado.
ROBERTO: ¿Tan presto estás enamorado y tierno,
        loco y firme? ¡Notable viento corre!
        Vuelve a cenar, que estás desvanecido
        y yo lo estoy de haber mejor bebido;
        porque en entrando aquí pregunté luego
        del santo botiller por la posada,
        y con tanto jamón seis veces tuve
        del vino Pusílico las veces,
        aunque para mi sed bastaban heces.
        Pero dime el suceso de tu historia.
CARLOS: Roberto, Ninfa pienso que me quiere,
        o me engaña mi propio pensamiento.
ROBERTO: A mí me preguntó si eras casado,
        cuando entraba contigo.
CARLOS: ¿Y qué dijiste?
ROBERTO: Que no, por no decir verdad en nada.

CARLOS: La mentira, Roberto, fue acertada.
ROBERTO: Preguntóme tu estado, y respondíle
            que eras señor de doce mil ducados
            de renta y de los buenos de Sicilia,
            aunque era de Calabria tu familia.
CARLOS: Todo eso importa para el bien que aguardo.
            Gozarla determino.
ROBERTO: ¿De qué suerte?
CARLOS: Con una dama suya me ha enviado
            a decir que me quiere hablar a solas;
            que en abriendo la puerta de un retrete
            que en esta parte está, con el recato
            que es necesario llegue; y me apercibe
            que como quien soy haga. Y yo pretendo
            engañarla, Roberto, con la mano
            de marido, y gozar la más felice
            mujer que vio Calabria y que dio Grecia
            a Troya para incendio.
ROBERTO: ¿Y si es Lucrecia
            en los intentos castos?
CARLOS: ¡Ah Roberto!
            ¿Qué mujer hay en la ocasión tan fuerte
            que salga vencedora y no vencida
            de un hombre tan a solas persuadida?
ROBERTO: ¿Y qué piensas hacer después?
CARLOS: Estarme
            gozando su hermosura algunos días
            alargando las vanas esperanzas
            del casamiento, que te juro, amigo,
            que fuera su marido si Dïana
            me faltara esta noche.
ROBERTO: A su excelencia
            guarde mil años Dios, pues es tan justo,
            que más vale su vida que ese gusto.
CARLOS: Están locos y ciegos los amantes,
            y yo lo soy, Roberto, no te espantes.
ROBERTO: Ya han abierto la puerta, y la condesa
            pienso que está a la puerta.

CARLOS: Pues retírate.

Asómase al paño NINFA

NINFA: A Carlos, mi señora está esperando.
CARLOS: Y yo el alma en sus ojos abrasando.

Éntranse; queda solo ROBERTO

ROBERTO: ¡Entróse! ¡Vive Dios, aquesto es hecho!
hágale al uno y otro buen provecho!
Obligación me corre de esperalle,
aunque mejor aquí que no en la calle.

Vase. Salen los MARINEROS
MARINERO 1:   Ya con el alba parece
que empieza el viento a soplar.
MARINERO 2:   Y del faro estrecho el mar,
alegre pasaje ofrece.
      Antes que otra vez el sol
que vuela en doradas plumas,
vuelva a la cama de espumas
por el ocaso español,
   si este viento por bolina
dura, en favor está,
fondo habremos dado ya
en el puerto de Mesina.
MARINERO 3:   Ninguna señal da el cielo
que favorable no sea,
donde la nave desea.
MARINERO 1:   De los vapores del suelo
   a la parte de Levante
unos celajes están
que esperanzas ciertas dan
de viento.
MARINERO 2:   Y en el semblante
   de la luna nos señala
el cerco que os dije yo,

cuando anoche se escondió
al dar fondo en esa cala.
MARINERO 3:   Y ayer se vieron delfines
en el mar; en conclusión,
que cuando muchos no son
prometen prósperos fines.
MARINERO 1:   Nunca faltaron jamás
esas señales, Leumeno,
estando el cielo sereno.
MARINERO 2:   Ya se ha declarado más
el viento con la mañana.
MARINERO 1:   Pues las áncoras alcemos
y al dulce Levante demos
el trinquete y la mesana.

Salen CARLOS y ROBERTO

CARLOS: Si va a Mesina, Roberto,
será desmentir espías
dudando en las prendas mías.
MARINERO 1:   Gente hay, Leumeno, en el puerto.
MARINERO 2:   Deben de querer pasaje.
CARLOS: En, ella nos embarquemos
y de aquí a Sicilia iremos
con poco matalotaje;
   de allí, volviendo a pasar
el faro en una tartana,
daré en Calabria mañana,
que no hay diez de millas mar;
   que ésta es nave aragonesa,
que a Sicilia para Malta
viene por trigo, y sin falta
va a Mesina.
ROBERTO: ¿Y la condesa?
   ¿Y Ninfa?
CARLOS: No sé, Roberto;
ya sigo nuevos cuidados.
ROBERTO: ¿No esperas a tus criados?

CARLOS: Que se han vuelto es lo más cierto
            a la corte.
ROBERTO: No te acabo
            de entender.
CARLOS: Bien fácil es,
            si sabes lo que después,
            cuando el apetito, esclavo
              de sí mismo, se redime
            con la vitoria alcanzada
            cansa una mujer gozada
            aunque el amor más le anime,
              y más si de las promesas
            resultan obligaciones.
ROBERTO: Pues ¿no gozan esenciones,
            duque, las que son condesas,
              tan nobles, tan estimadas
            que fueron soles y lunas?
CARLOS: Roberto, todas son unas
            en llegando a ser gozadas.
ROBERTO: No ha durado todo un hora.
CARLOS: César en la impresa fui
            que partí, llegué y vencí,
            y vuelvo la espalda agora,
              que es más triunfo.
ROBERTO: ¿De qué suerte
            la dejas?
CARLOS: Durmiendo queda,
            porque persuadirse pueda
            que soñó cuando despierte.
ROBERTO: Esta vez, a su despecho,
            en su tragedia crüel,
            hará de Olimpa el papel,
            pues tú el de Vireno has hecho;
              y a la nave y al mar cano
            dará voces como loca
            subida en un alta roca,
            y será el quejarse en vano.
CARLOS: Ésta es la traza mejor;
            que por tierra ser pudiera
            que, ofendida, me siguiera,

y fuera el daño mayor
   si llegara a los oídos
de la duquesa.
ROBERTO: ¿El neblí
al fin dejamos aquí?
CARLOS: ¿No basta llevar sentidos?
MARINERO 1:   El viento ha picado el mar
favorable al marinaje.
MARINERO 2:   ¡Buen viaje!
MARINERO 1:   ¡Buen pasaje!
MARINERO 2:   ¡Alto, a embarcar y a zarpar!
ROBERTO: ¿Estos fueron los amores
y finezas?
CARLOS: Ten por cierto
que antes de gozar, Roberto,
todos somos habladores.

Vanse todos. Sale NINFA como que sale de la cama,
medio desnuda

NINFA: ¡Hola, hola! ¿No hay ninguno
que me responda? ¿No vela
sino solo mi cuidado?
¡Hola! Mi desdicha es cierta.
¡Hola, hola! El eco mismo
me da escasa la respuesta,
que una mujer desdichada
endurece más las piedras.
¡Hola!

Salen los dos MÚSICOS como salieron al principio, de
villanos y la MÚSICA con ellos, que es LAURA, pastora, y
ERGASTO

MÚSICO 2:   ¿Qué mandas, señora?
MÚSICO 3:   Voces daba la condesa.
NINFA: ¿Sabéis de Carlos?

MÚSICO 2:   ¿Qué Carlos?
NINFA: Uno que el alma me lleva.
LAURA: ¿Carlos le ha llevado el alma?
              Loca está.
NINFA: ¿No se os acuerda
              del huésped que encontré anoche
              y le di posada y cena,
              y el alma con la posada
              para partirse con ella?
MÚSICO 2:   ¿No quedó contigo a solas?
NINFA: ¿Por qué averiguo sospechas
              que están ya tan de su parte?
              ¡Ah, ingrato Carlos!
MÚSICO 2:   ¿Qué ofensas
              te ha hecho el güésped ingrato
              que lloras y te lamentas,
              para que tomando todos
              tus labradores sus yeguas,
              le sigamos, aunque el viento
              tomar por sagrado quiera?
NINFA: ¿Qué mayor ofensa, amigos,
              que en el honor, en fuerza
              del gusto, en la libertad
              del albedrio, en la prenda
              más respetada del alma,
              en la joya que más precia
              la noble sangre, en la vida,
              pues no se estima sin ella?
              Seguidle todos, seguidle,
              y si hiciere resistencia,
              para no volver, matadle.
              No le matéis... Pero muera...
              No, esperad
MÚSICO 2:   ¿Qué determinas?
NINFA: No sé, amigos. Dadme apriesa
              un caballo tan veloz
              que a mi pensamiento exceda,
              que yo seguiré su alcance
              mejor, porque en la carrera
              venceré el viento volando,

que siempre amor alas lleva.
MÚSICO 2:   Ya están por él.
NINFA: Ya se tardan.
LAURA: ¿Qué novedades son éstas,
          de amor y de honor, Ergasto?
NINFA: ¿Qué esperáis?
LAURA: Ergasto, vuela.

Sale un PESCADOR

PESCADOR: Si te ha ofendido, señora,
          el que anoche en esta mesma
          casa albergaste con tanto
          noble decoro y grandeza,
          ya es imposible vengarte;
          que esa nave aragonesa
          que al mar da velas agora,
          soberbia de verse en ella,
          burlándose de tus iras,
          a tu ingrato güésped lleva,
          no sé si a España o Sicilia,
          a Francia o a Ingalaterra,
          que al primer reír del alba
          le vi embarcándose en ella,
          viniendo de echar un lance
          para que con varia pesca,
          tan vil güésped regalases,
          y alargándose de tierra
          dieron las velas, zarpando
          que ya del viento se empreñan,
          a cuya soberbia ayudan
          los clarines y trompetas
          con la saloma ordinaria,
          las flámulas y banderas;
          mas vuelve, y verás la nave
          que ya del puerto se aleja.
NINFA: Calla, no más, que me matas,
          y esos clarines que suenan
          al viento, son en mi muerte

músicos de mis obsequias.

¿Es verdad esto que miro?
¡Villano güésped, espera,
que te me vas con la paga,
si no es la paga mi afrenta!
¿Dónde me llevas el alma,
que con tan grandes ofensas
echará a fondo el navío
que más que la tierra pesan?
¿Cómo, güésped enemigo,
por dulces abrazos truecas
olas del mar y una casa
que a tantos vivos encierra.
Monstruo fiero, en quien las jarcias
parecen nervios y venas,
caballo del mar con alas
que para mi daño vuelas.
Cárcel movediza, arado
de las olas, que no dejas
acabando de pasar
la señal del surco apenas;
monte arrojado en las aguas,
cuyas secas arboledas
son mástiles y mesanas,
raíles, cables y cuerdas;
caballo griego preñado
de traiciones y promesas,
para fuego de la Troya
que dentro en mi pecho queda.
¡Plega a Dios que en un escollo
o en algún banco de arena
dejes la gavia y las jarcias
y la quilla en las estrellas!
¡Rayos los cielos airados
en tu plaza de armas lluevan;

el viento te rompa el árbol,
el agua las obras muertas;
a la pelota contigo
de la mar y de la tierra
jueguen los vientos y falta
hagan en alguna peña,
   y ese ingrato que llevas,
cuando todos escapen sólo él muera!
MÚSICO 2:   Mira quién eres, señora.
          Vuelve en ti.
NINFA: Dejadme, afuera,
          que estoy loca, que me abraso.
LAURA: ¡Hay desdicha como aquésta!
NINFA: Dejadme todos, dejadme,
          que en el mar...
MÚSICO 2:   Señora, espera.
NINFA: Dejadme morir, amigos.
          ¿Qué importa que yo perezca?
MÚSICO 2:   Mucho importa a tus vasallos.
NINFA: ¿Para qué queréis condesa
          y una señora afrentada
          con la culpa de esta pena?
          Pero yo me vengaré
          de este agravio, de esta ofensa,
          aborreciendo las vidas
          de los hombres de manera
          que hasta encontrar con mi ingrato
          he de matar cuantos vea;
          porque es bien que paguen todos
          lo que un hombre solo peca,
          y saliendo a los caminos
          como víbora sedienta
          de su sangre, me pregono
          por pública bandolera,
          y de no tener, al cielo
          juro, con hombre clemencia
          hasta morir o vengarme.
MÚSICO 2:   ¿De quien eres no te acuerdas,
          señora?
NINFA: Ya de la nave

no se descubren apenas
los penoles de las gavias.
¡Mal haya, amén, la primera
mano ingrata que esas tablas
con resina, pez y brea,
juntó para mi desdicha
y para tantas ofensas!
Pero ¿de qué cosa pudo
en la mar como en la tierra
ser la codicia inventora
que no fuese inorme y fea?
¡Qué lejos va de los ojos!
Ya parece que al sol llega
tendidas las alas pardas
el águila de madera.
¡Oh, aleve máquina!
Bajes al centro pedazos hecha,
porque enseñes las entrañas
que tantos males encierran,
   ¡y ese ingrato que llevas
cuando todos escapen, sólo el muera!

FIN DE LA PRIMERA JORNADA

JORNADA SEGUNDA

Salen CARLOS y la duquesa DIANA

DIANA: ¡Tristeza sin ocasión!
       Llámela vueseñoría
       natural melancolía.
CARLOS: Duquesa, tenéis razón;
       triste sin causa me siento.
DIANA: ¿Cuándo vos serlo soléis,
       si no es, duque, que lo estéis
       de algún nuevo pensamiento?
         Siempre la melancolía
       es efeto natural,
       y desde el principio mal
       que con la sangre se cría.
         Ésta es imaginación,
       no propia naturaleza;
       Llamadla, duque, tristeza
       que habrá tenido ocasión.
CARLOS: Tristeza o melancolía,
       yo estoy sin gusto.
DIANA: Será
       de alguno nuevo.
CARLOS: Ya está
       cansada vueseñoría.

Vase CARLOS

DIANA: La que llega a cansar a su marido
       no ha menester en las celosas flechas
       averiguar testigos de sospechas,
       ni hacer linces los ojos ni el oído.
         Ni importará sacar contra su olvido
       de Amor las paces una vez deshechas,

con suspiros, con lágrimas y endechas,
agua del alma y fuego del sentido.

Excusar de él querellas me parece;
haga su curso Amor, que es apetito,
y aquello que le privan apetece,

que si estrecharle a celos solicito
es prisión en que más se ensoberbece,
y añadirá a un delito otro delito.

Sale ROBERTO

ROBERTO:　　　Aquí la duquesa está.
Siempre que por no encontrarla
determino barajarla
más veces la encuentro.
DIANA:　　　　　　　Ya
viene en su busca Roberto,
y de encontrarme le pesa;
ROBERTO:　　Ya me [ha] visto la duquesa.
DIANA:　　(¿Habrán hecho algún concierto　**Aparte**
para sus melancolías?)
ROBERTO:　　¿No estaba, señora, aquí
el duque, mi señor?
DIANA:　　　　　　　Sí,
Roberto. ¿Qué le querías?
ROBERTO:　　Yo, servir a su excelencia;
llamóme, y vine a buscarle.
DIANA:　　¿Adónde quieres llevarle?
¿Hay nueva dama en Cosencia?
¿Ha venido fruta nueva
a la corte a que llevar
al duque, que en el lugar
antes que nadie la prueba?
¿Tráesle recado o papel
de alguna impresa que alcanzas?
¿Hay ya nuevas esperanzas?
¿Muéstrase menos crüel?
¿Dice que hablará esta noche
al duque, cuando dormido

   esté el padre o el marido?
   ¿Quiere joyas, pide coche?
    ¿Qué tenemos?
ROBERTO: Vueselencia
   hacerme merced solía.
DIANA: ¡Qué gentil hipocresía!
   Ya me falta la paciencia.
    ¿Qué merced os he de hacer,
   si sé que sois su alcahuete?
ROBERTO: Que a vueselencia respete
   siempre forzoso ha de ser;
    pero miente el lisonjero,
   vueselencia me perdone,
   que de envidia mal me pone
   con quien agradar espero
    más que al duque mi señor,
   porque ven que en su privanza
   tanto mi ventura alcanza.
   Antigua plaga y rigor
    de criados a señores,
   que en viendo alguna ocasión,
   como no los oigan, son
   lisonjeros y habladores.
    No tienen penas pequeñas,
   por los chismes que engendraron,
   los primeros que inventaron
   los escuderos y dueñas.
    ¡Mal haya tan mala gente,
   aunque entre con ellos yo!
DIANA: ¿Cuándo, Roberto, se vio
   condenarse el delincuente
    sino es dándole tormento?
ROBERTO: Esos músicos cobardes
   hacen en palacio alardes,
   sin él, de culpas de viento.
DIANA: Roberto, lo que yo veo
   no lo he menester oir.
ROBERTO: ¿Qué es lo que quiere decir
   vuecelencia?
DIANA: Que deseo

que al duque no divertáis;
que sé que os sirve la caza
de estratagema y de traza
para lo que deseáis,
    y que sabéis, con achaque
de socorrer un neblí,
perderos los dos, y ansí,
sin que otro ninguno os saque
    de rastro en más de seis días
donde más gusto tenéis,
libres os entretenéis
a costa de penas mías.
    Esto y otras cosas sé,
aquí y fuera del lugar,
que se pueden remediar,
o yo las remediaré.
ROBERTO: Mire vueselencia bien
que me está tratando mal;
que al duque le soy leal
y a vueselencia también;
    que más que a mí no es razón
dar crédito a aduladores;
mas ya es plaga en los señores
la primera información.
DIANA: Esto sé de cierta ciencia.
Procurad vos que se impida,
que os haré quitar la vida
por vida de su excelencia.

Vase la duquesa DIANA

ROBERTO: ¡Oh, palacio cruel, casa encantada,
laberinto de engaños y de antojos,
adonde todo es lengua, todo es ojos;
cualquier cosa es mucho y todo es nada.
    Galera donde rema gente honrada
y anda la envidia en vela haciendo enojos;
hospital de incurables, que a hombres cojos
das siempre una esperanza por posada.

Calma del tiempo, sueño de los días;
pues son viento las pagas de tus gajes;
vano manjar de camaleones buches.
    Sean tus escuderos chirimías;
órganos tus lacayos y tus pajes;
tus dueñas y doncellas sacabuches.

Sale CARLOS

CARLOS: Pues, Roberto, ¿dónde vas?
ROBERTO: A pedirle a vueselencia,
    para dejarle, licencia.
CARLOS: ¿Qué dices?
ROBERTO: No pienso más
        servirle en toda mi vida.
    Más quiero estarme en mi casa
    que aguardar la dicha escasa
    de una esperanza perdida.
        No lo pasaré muy bien;
    mas con mi pobre caudal
    vendré a hallarme en menos mal
    y más dichoso también,
        que me basta el no servir
    y la quietud por riqueza.
CARLOS: Vaguidos traes de cabeza;
    gana me das de reír,
        y en el estado en que estoy
    no es pequeña maravilla.
ROBERTO: Rico con una escudilla
    como el filósofo voy,
        que le pareció después
    que le sobraba advirtiendo
    uno que estaba bebiendo
    con la mano.
CARLOS: No me des
        más pesadumbres, Roberto,
    pues sabes que nadie alcanza
    conmigo mayor privanza.
ROBERTO: Que me haces mercedes, cierto;

         pero es con grande embarazo,
         que quien sirve a señor ya
         casado es como el que está
         malo del hígado y bazo;
            que lo que aprovecha al uno
         suele hacer al otro daño.
CARLOS: Ha sido el ejemplo extraño.
ROBERTO: Pues yo no seré importuno
            en aplicar el ejemplo.
CARLOS: Ya estoy aguardando, di.
ROBERTO: En mi señora y en ti
            bazo e hígado contemplo.
            Tú eres el hígado, y ella
         ha de ser por fuerza el bazo;
         remedios de agrado trazo
         ayudado de mi estrella,
            de entretener y servirte,
         y el bazo, que es mi señora,
         sospechas y celos llora
         de agradarte y divertirte;
            y si dejándote a ti,
         al bazo quiero agradar
         con pretenderle llevar
         chismes de aquí para allí,
            luego el hígado está malo
         y anda en mudanzas de luna
         el hombre en baja fortuna,
         aquí el mando y allí el palo.
            Ya el bazo mucho se enfría,
         ya el hígado se calienta,
         ya la opilación se aumenta,
         ya se engendra hidropesía;
            uno es flaco y otro es fuerte,
         y ambos a dos embarazo,
         y ando con hígado y bazo
         entre la vida y la muerte.
CARLOS: ¿Qué es lo que te ha sucedido
            de nuevo?
ROBERTO: Llamóme agora
            alcahuete, mi señora;

dándome de prometido,
   por lo menos de la vida,
tan escasas esperanzas,
que me estorban tus privanzas.
CARLOS: De celos está perdida.
ROBERTO: Pues ¿hay novedad agora
con repentina afición?
CARLOS: Memorias pasadas son
que el alma por sueños llora.
ROBERTO: ¿Cómo memorias pasadas?
CARLOS: Ninfa me tiene sin mí.
ROBERTO: ¿Con eso sales aquí?
CARLOS: Pienso que fueron soñadas
   las glorias que gocé entonces,
y envidio, Roberto, agora,
pues su ausencia me enamora.
ROBERTO: La afición tienes de gonces,
   que la vuelves a mil partes.
Arpón de amor te has tornado;
no te entenderá un tejado.
CARLOS: Tiene Amor extrañas artes,
   Roberto, de perseguir
al que de él piensa que sale
libre cuando al viento iguale
y ufano piensa vivir.
   Después que llegué a Cosencia,
Roberto, con las memorias
de tantas sonadas glorias
pierdo el seso y la paciencia;
   que el ausencia las más veces
acrecienta la pasión
y despierta el afición.
ROBERTO: De más colores pareces
   que el arco que pinta el cielo.
CARLOS: El Amor me ha condenado
la ingratitud en cuidado
y la mudanza en recelo;
   loco estoy, Ninfa me abrasa;
¿qué haré, Roberto?
ROBERTO: No sé,

que al bazo dañar podré.
CARLOS: Eso de límite pasa.
      Deja necedades ya,
      acude al remedio mío.
ROBERTO: Por fuerza habrá de ser frío
      para el calor con que está,
       del hígado vuecelencia,
      olvidos son menester.
CARLOS: Esos ¿cómo pueden ser
      si más me abraso en su ausencia?
ROBERTO: Pues al remedio acudamos
      del clavo que uno a otro saca.
CARLOS: Ésa no es buena triaca
      para mi veneno.
ROBERTO: Vamos
        a verla.
CARLOS: Ése es el mejor.
ROBERTO: Cuando es tan grave dolencia
      aplica al dolor de ausencia
      ungüento de ojos, Amor.
       Mas ¿con qué traza ha de ser
      si mi señora por traza,
      ha condenado la caza
      con que la pudieras ver
       a costa de otro neblí,
      puesto que así no podías
      gastar allá muchos días?
CARLOS: Pues ello ha de ser ansí.
       Yo he de fingir que he tenido
      del rey mañana una carta
      en que me manda que parta
      a Nápoles. Advertido
       que con diligencia sea,
      que en la corte mi persona
      a cosas que a la corona
      son importantes, desea,
       y así con pocos criados,
      y por la posta, saldré
      de Cosencia, y fin daré
      con Ninfa a tantos cuidados,

que ya me tienen a pique
de morir; y claro está
que a mis disculpas dará
crédito que certifique
la fineza de mi amor.
ROBERTO: ¿Piensas hablarla verdad
en lo que a tu calidad
toca?
CARLOS: Ya fuera rigor,
        Roberto, el fingido trato.
ROBERTO: ¿Y el casamiento?
CARLOS: No sé.
        Vamos, que yo trataré
como no parezca ingrato
    y estará toda sospecha
segura con lo que trazo.
ROBERTO: (¡Plega a Dios no dañe al bazo   **Aparte**
lo que al hígado aprovecha!)

*Vanse. Salen por el monte abajo, ALEJANDRO y
CÉSAR, de salteadores, y todos los que puedan, y NINFA
detrás con bastón y de bandolero*

NINFA: Éste es buen puesto por hoy.
        En los que he mandado estén
esos soldados con quien
dando guerra a Italia estoy
    y al mundo; que aunque la humana
sangre toda de él vertiera,
satisfecha no estuviera
mi hidrópica sed tirana;
    y siendo eterna homicida,
no tendrá con la que vierte
mayor amigo la muerte,
mayor contrario la vida.
    Que con la fiereza extraña
que al paso esperando estoy
un risco, un escollo soy
de aquel mar, de esta montaña;
    tanto, que llego a temer

que han de venirme a faltar
vidas que poder quitar,
muertes que poder hacer;
   y de mi cólera fiera
pienso, de crueldad armada,
que no he de quedar vengada
cuando todo el mundo muera.
ALEJANDRO: Quien mira tu gentileza
publica, Ninfa, que bajas
a matar con dos ventajas:
de hermosura y fortaleza;
   que dando a los enemigos
muerte fiera con tus manos,
con tus ojos soberanos,
no perdonas los amigos.
   Mira, si a todos maltratas,
de qué modo han de seguirte
los que vienen a servirte,
si de guerra y de paz matas.
   Todos tus armas tememos,
porque vienen más armados
tus ojos que tus soldados;
pero ya que no podemos
   escapar de ser despojos
de tu valor invencible,
enséñanos, si es posible,
a defender de tus ojos.
NINFA: Alejandro, yo te he hecho,
a ti y a César, mi honor
fïando y viendo el valor
del uno y el otro pecho,
   capitanes de quinientos
hombres que se me han llegado,
escogiendo por sagrado
de sus vivos pensamientos
   esta montaña en que estoy
del real camino y playa
más vigilante atalaya,
donde en mi venganza soy
   un esfinge cada día

dando, despeñando, muerte
a cuantos su corta suerte
y dichosa suerte mía
   traen a morir a mis manos;
y lo mismo te prometo
si me pierdes el respeto
--¡por los cielos soberanos!--
   porque no estoy con los hombres
tan bien que he de perdonarlos.
Pues ves que salgo a matarlos
aborresciendo sus nombres,
   tus locos atrevimientos
puedes desde hoy refrenar,
porque sabré castigar
palabras y pensamientos.
ALEJANDRO: Perdona si te ofendieron,
que a tu valor no vencido
atrevimientos no han sido;
alabanzas solas fueron
   que yo estimo...
NINFA: No es materia
para hablar en ello más.
ALEJANDRO: Con razón airada estás.
CÉSAR: Hoy por fuerza de la feria
   de Salerno han de pasar
percachos y mercaderes.
NINFA: No ofendáis a las mujeres;
los hombres podéis matar,
   robándoles cuanto llevan,
que yo solamente quiero
las vidas. Tomá el dinero
vosotros y no se atrevan
   a hacer ofensa a ninguna
mujer, porque colgaré
a quien gusto no me dé.
Toda la mala fortuna
   corran los hombres, que son
los que me ofenden no más,
y escarmiente a los demás
mi fiera satisfacción.

CÉSAR: De diferentes cabezas
            tienes llenos estos tejos,
            que parecen desde lejos
            fruta que dan sus malezas,
               sin las que ha tragado el mar.
NINFA: ¿A cuántos di muerte ayer?
CÉSAR: Noventa deben de ser.
NINFA: ¡Qué, no pudieron llegar
            a ciento! Corta tarea;
            yo la llenaré otra vez,
            que hoy han de ser ciento y diez.
ALEJANDRO: No hay quien de una mujer crea
            extremo tan inhumano.

Dice dentro una MUJER, lastimosa

MUJER: ¡Justicia, cielos, os pido!
NINFA: A ver qué es ese ruido;
            id luego y no será en vano,
               que parecen de mujer
            estas quejas.
ALEJANDRO: Los dos vamos
            a servirte.
CÉSAR: Entre estos ramos
            sin duda deben de ser.
NINFA: Si es mujer no permitáis
            que la ofendan.
ALEJANDRO: Será ansí
            como lo mandas.
NINFA: O aquí
            donde estoy y donde estáis
               colgaré al que la ofendiere
            de un roble.
ALEJANDRO: ¡Justo rigor!
NINFA: Y lo demás no es valor,
            sino vileza.

Vanse ALEJANDRO y CÉSAR, Sale POMPEYO

POMPEYO: Si fuere
        tan dichoso que a mi intento
        corresponda mi crueldad,
        hoy gozo la libertad
        sobre las alas del viento.
NINFA: ¿Dónde vas, hombre?
POMPEYO: A buscarte,
        si eres, Ninfa, la condesa.
NINFA: Aunque ser quien soy me pesa,
        quién soy no puedo negarte.
            ¿Qué quieres?
POMPEYO: Como he sabido
        que, ofendida y agraviada,
        con la pistola y la espada
        rayo de Calabria has sido
          y que en ella son tus hombres,
        Ninfa, monstruo del Amor,
        condesa de Valdeflor
        y enemiga de los hombres,
          y que en Calabria has juntado
        todos los más animosos
        valientes y sediciosds,
        yo, a tu valor inclinado
          y a este famoso ejercicio
        con que matas tantos hombres
        de tan diferentes nombres,
        porque agradarte codicio
          y servirte juntamente,
        colgada dejo de un roble
        a mi mujer, que aunque es noble,
        discreta, cuerda y prudente,
          es propia mujer, en fin,
        que le basta por delito,
        y al viento en tu busca imito.
NINFA: Ha sido para tu fin;
          que yo no amparo crueldad
        contra mujer, que ésa es sola
        la impresa que sigo. ¡Hola!
        De ese roble le colgad

adonde le puedan ver,
y la misma muerte siga
con un letrero que diga,
"Por traidor, a una mujer."
POMPEYO: ¡Señora!
NINFA: Llevadle.
POMPEYO: El cielo
me castiga justamente.

*Salen **ALEJANDRO** y **CÉSAR**, sacan a la*
MUJER

ALEJANDRO: Ésta es la mujer.
NINFA: Detente.
MUJER: Mayor desdicha recelo.
NINFA: ¿No la dejaste colgada?
ALEJANDRO: Con las espadas cortamos
        el cordel cuando llegamos.
NINFA: La intención ejecutada
        merece el propio castigo
        a su pensamiento doble;
        colgadle del mismo roble.
MUJER: Señora, aunque es mi enemigo,
        es mi marido en efeto.
        No le matéis.
NINFA: ¿Qué mujer
        llegar pudo aborrecer
        cuando tuvo amor perfeto?
        Mi ejemplo he mirado en ti;
        levanta, mujer, no muera,
        y será la vez primera
        que hombre he perdonado aquí;
        y agradezca que ha traído
        por padrino a una mujer,
        que con mirarse ofender
        a ser su vida ha venido,
        que no se escapara ansí.
POMPEYO: Beso tus pies, que yo voy
        arrepentido y no estoy,

después que te miro en mí,
   que te pintaban más fiera
de lo que señales das.
NINFA: Soylo con hombres no más
hasta que un ingrato muera.
   Tú te quedarás conmigo
agora, y a tu mujer
podrán saldados volver
a su lugar.
POMPEYO: Pues contigo
   seré un Pompeyo, que así
es mi nombre.
NINFA: ¿De adónde eres?
POMPEYO: De Casano.
NINFA: Si no fueres
hombre de importancia, aquí
   no te faltara castigo
como al que a infamias se atreve
y no es bien consigo lleve
tu mujer a su enemigo.
MUJER: Como muerte no le des,
hácesme muchas mercedes.
NINFA: Partirte a Casano puedes
   luego.
MUJER: Bésote los pies.
NINFA: Una escuadra de soldados
haced que baje con ella,
porque no pueda ofendella
nadie.
ALEJANDRO: Ya están aprestados.
MUJER: Dete la Fortuna el bien
que darte, señora, puede.
POMPEYO: Como yo sin ella quede
viva mil siglos, amén.

*Llevan la **MUJER**. Sacan un **CORREO** con una maleta con*
cartas

CÉSAR: Entra, borracho.

NINFA: ¿Qué es eso?
CORREO: Mi mala suerte.
CÉSAR: Un correo.
NINFA: Días ha que le deseo.
CÉSAR: Lleva la maleta peso.
CORREO: Todas son cartas.
NINFA: Tú llevas
        famosa mercadería
        pues vas la noche y el día
        de papel cargado y nuevas.
             ¿De dónde vienes?
CORREO: Señora:
        de Nápoles.
NINFA: ¿Qué se dice
        allá de mí?
CORREO: Apenas hice
        venta en Nápoles un hora
           cuando me hicieron con esto
        partir a Trento.
NINFA: Si fuera
        a esotro mundo, pudiera
        ser que llegaras mas presto.
CORREO: ¿De qué suerte?
CÉSAR: Hay un despacho
        para el infierno; ¿qué dudas?
CORREO: Debéis de escribir a Judas,
           que fue calabrés.
CÉSAR: ¡Borracho!
           ¿quieres que te dé?
NINFA: Abrid luego,
        entretanto, esa maleta
        que descansa la estafeta,
        y no dejéis ningún pliego
           que no abráis, para saber
        lo que hay de nuevo en la corte,
        porque puede ser que importe.
CORREO: ¿Qué descanso ha de tener
           quien vuestro rigor espera
        sin daros más ocasión?
NINFA: Acabad

CORREO: Mirad que son
          despachos del rey.
ALEJANDRO: Que fuera.
NINFA: Id deshaciendo los pliegos.
CÉSAR: Mostrad acá. ¡Qué crüel
          embarazo de papel!
NINFA: ¡Qué de engaños, qué de ruegos,
          qué de avisos, qué de amores,
          qué de agravios, qué de miedos,
          qué de mentiras y enredos,
          qué de trampas, qué de flores,
          de falsas correspondencias,
          de engañadas amistades,
          de veras, de necedades,
          buenas y malas ausencias
          deben de venir ahí!
          César, empieza a leer.
CÉSAR: Aquí dice, "A mi mujer."
NINFA: Abre el pliego.
CÉSAR: Dice ansí:
          "Dos meses ha..."
NINFA: No prosigas,
          que en su afrenta se aconseja
          hombre que dos meses deja
          a su mujer.
CÉSAR: Bien la obligas
          si ella llegara a escuchar.
          "A Lisarda," dice aquí.
NINFA: Abre y lee.
CÉSAR: Comienza así:
          "Dueño mío, si de amar
          tu soberana hermosura,
          el Amor no me pagara
          volviéndome loco..."
NINFA: Pára;
          que ese es ingrato y procura
          engañar a esa mujer;
          porque si bien la quisiera,
          adonde ella está estuviera.
          Rompe.

CÉSAR: Ya empiezo a romper.
NINFA: ¿Qué pliego es ése?
CÉSAR: "A Sisberto,
        mercader," dice.
NINFA: Será
        cédula alguna.
CÉSAR: Aquí está.
NINFA: Que fue para mí es más cierto.
           ¿Qué es la cantidad?
CÉSAR: Dos mil
        ducados a letra vista.
NINFA: ¿A quién?
CÉSAR: A Claudio Bautista
        y a Juan María Gentil.
NINFA: Ginoveses son, por Dios,
        que se han de dar por la posta;
        éstos de ayuda de costa
        se tomen para los dos,
           César y Alejandro.
ALEJANDRO: El cielo
        edades largas te guarde.
NINFA: Y partiránse esta tarde
        a cobrarlos.
CÉSAR: Todo el suelo
        de la Europa a tus pies sea
        alfombra no merecida,
        y de tu fama y tu vida
        los eternos siglos vea.
NINFA: Pasa adelante.
CÉSAR: "Gaceta,"
        dice aquí, "a Celio."
NINFA: Ésas son
        nuevas.
CÉSAR: El primer renglón,
        si el pecho no te inquieta,
           con tu nombre empieza.
NINFA: Di,
        que no hay cosa que mi pecho
        sobresalte, satisfecho
        del valor que vive en mí.

CÉSAR: "Ninfa; Condesa de Valdeflor, olvidándose
de quién es y viéndose burlada de cierto
caballero, con quinientos hombres y más
anda robando por los caminos de Calabria
y abrasando los lugares convecinos, y hoy
por mandado del rey han pregonado su talla
en diez mil escudos y libertad de sus
delitos, y si fuere compañero suyo el que
trujere su cabeza, muchas más mercedes."

NINFA: No pases más adelante,
que a la estafeta que lleva
ese pliego, por la nueva
quiero dar porte importante.
  ¡Hola! Echad esa estafeta,
para que pueda llegar
presto al infierno, en la mar,
y en el cuello la maleta.
CORREO: ¡Piedad!
NINFA: No hay piedad, villano;
llevalde luego de ahí.
CÉSAR: Por el viento desde aquí,
le verás ir al mar cano.
Llevan el CORREO y sacan dos MÚSICOS, de camino, la
capas al hombro y las guitarras debajo del brazo

ALEJANDRO: Llegad.
NINFA: ¿Quién son éstos?
MÚSICO 1:   Dos
músicos míseros somos.
ALEJANDRO: Y tenéis muy buenos lomos
para un remo.
MÚSICO 2:   Guárdeos Dios
por la merced.
NINFA: ¿Dónde vais?

MÚSICO 1:   A Nápoles.
CÉSAR: ¡Buena gente!
NINFA: ¿Y es música solamente
          la pretensión que lleváis?
MÚSICO 2:   Señora, sí, que en la corte
          suele estimarse.
NINFA: Cantad,
          que yo os diré la verdad,
          y si no es cosa que importe,
             aquí os quedaréis mejor
          y excusaréis de cuidados.
MÚSICO 1:   ¿Cómo?
NINFA: De un roble colgados
          o en el mar. Perdé el temor
             y cantad.
MÚSICO 2:   Danos licencia
          para templar.
NINFA: No cantéis
          si habéis de templar, pues veis
          que tengo poca paciencia.
             El uno cante no más.
MÚSICO 1:   Escucha.
NINFA: Ya estoy atenta,
          aunque no quiere mi afrenta
          que esté con gusto jamás.

Canta el MÚSICO 1

MÚSICO: "*Bordaba el alba las flores*
          que afrentó la noche fría;
          cantaban al sol las aves,
          lloraban las tortolillas,
          cuando, buscando los brazos
          del duque Vireno, Olimpa
          sombras ciñe, engaños toca;
          despierta, llora y suspira,
          salta del desierto lecho,
          corre al mar, su arena pisa,
          y de la peña más alta

la nave del duque mira."

NINFA: Arrojad esos villanos
          a la mar, pues con Olimpa
          y con Vireno me cantan
          ejemplos de mi desdicha.
MÚSICO 1:   Señora...
NINFA: Arrojadlos luego
          de aquesas peñas vecinas,
          que son cisnes que cantando
          hoy mi muerte solicitan;
          y dejadme todos sola,
          porque no quiero a la vista
          tener ningún hombre.
CÉSAR: Vamos.

Déjanla sola todos

NINFA: ¡Ay, memorias enemigas,
          qué fuego habéis en el alma
          revuelto! ¡Qué de mentiras,
          qué de promesas y agravios,
          qué de palabras fingidas!
          ¡Ay, Vireno! Fiero el mar,
          cuyas mudanzas imitas
          con ingratitudes tantas,
          te dé sepulcro.

**Salen CARLOS y ROBERTO, desnudas las espadas, y
acosándolos ALEJANDRO, CÉSAR y otros BANDOLE-
ROS**

CARLOS: Las vidas
          hemos de vender muy bien;
          que también pólvora espiran
          y balas estos cañones,
          y son de acero estas limpias
          espadas.

ALEJANDRO: ¡Rendíos, villanos!
ROBERTO: ¡Mentís! Y las obras sirvan
          en lugar de las palabras,
          bandoleros de mentira.

Ahora salen todos

NINFA: Teneos; ¿qué es esto? Apartad;
          no los ofendáis.
CARLOS: ¿No es Ninfa
          ésta, Roberto?
ROBERTO: Señor,
          o es su imagen o ella misma.
NINFA: ¿No es aqueste Carlos? ¡Cielos!
          ¿Es del alma fantasía?
          ¿Es sueño?
CÉSAR: Los tres están
          suspensos.
CARLOS: ¡Notable dicha!
NINFA: Ven acá. ¿Cómo te llamas?
CARLOS: Carlos.
NINFA: ¡Él es!
CARLOS: ¿Qué te admira?
NINFA: Pienso que ha sido ilusión.
CARLOS: Y para mí el verte, Ninfa.
NINFA: No acierto a tomar venganza,
          con estar de ti ofendida
          y haber sido la fatal
          ocasión de mis desdichas.
          Por ti sólo, ingrato Carlos,
          poniendo la sangre mía
          en olvido y los abuelos
          que mi nobleza acreditan,
          soy pública bandolera
          del cielo y suelo enemiga,
          no perdonando, agraviada,
          a ningún hombre la vida,
          y hoy la tuya, ingrato güésped,
          me pagará...

CARLOS: No prosigas,
            que es tuya, Ninfa, y no es bien
            que acabes tu vida misma.
            A buscarte, cielo hermoso,
            y a disculpar mi huída
            vengo. Mátame si quieres,
            como tú contenta vivas,
            que yo sé que no podrás
            sacarte del alma mía.
NINFA: ¡Ay sirena! ¿Otra vez cantas?
            Vuélvete al mar, no me rindas.
CARLOS: Porque entiendas, Ninfa hermosa
            de la suerte que te estima
            el alma, hablarte verdad,
            amor y sangre me obligan.
            El duque soy de Calabria,
            casado por mi desdicha
            con Diana la duquesa,
            del rey de Nápoles hija.
NINFA: ¡Qué dices!
CARLOS: Esto que escuchas.
NINFA: No me vengas con mentiras.
CARLOS: Ésta fue ocasión, señora,
            para dejarte ofendida,
            que amor, antes de obligado,
            imposibles facilita.
            Sirvió de nube la nave
            que iba entonces a Mesina
            para encubrirte quién era
            si los pasos me seguías.
            Pensé vivir sin tus ojos,
            y es imposible que viva,
            y vuelvo loco a buscarlos.
            Amor fue, no fue malicia;
            cuando llegué a ese repecho
            que el camino determina
            de Nápoles a Calabria,
            desnudando las cuchillas
            y calando las pistolas
            con gallarda bizarría

estos soldados diciendo,
"Detente" al paso salían.
Matáronme el postillón
antes de dejar la silla,
y por no morir tendido,
con villana cobardía,
de las postas a la tierra
salté, haciendo que me sigan
con Roberto dos criados
que en mi servicio venían.
A la primer rociada
mueren los dos, y a la vista
poniéndonos las pistolas
de las nuestras no vencidas,
temerosos hasta el puesto
en que estamos nos retiran,
donde, como por milagro,
las hermosas maravillas
de tus ojos nos dan puerto,
nos dan gloria, nos dan vida;
que puesto que entre la gente
vulgar, escuchado había
esta novedad, jamás
la di crédito.

CÉSAR: ¿Qué miras?
ALEJANDRO: Loco estoy, César, ¿qué quieres?,
muero de celos y envidia.
¡Vive Dios, que favorece
en extremo a solas Ninfa
a este cobarde, a este ingrato!
CÉSAR: ¿Eso en mujeres te admira,
y más en ésta, Alejandro?
CARLOS: Mi bien, traza determina
tu gusto.
NINFA: Mata a Dïana.
ROBERTO: Sentencia es definitiva;
si yo apelare por ella
a nueva chancillería
mil y quinientos me peguen
con un cable en la barriga:

tanto puede en qualquier pecho
un agravio.
CARLOS: Si mil vidas
tuviera, mil le quitara.
NINFA: Duque de Calabria, mira
que me has dado la palabra,
y si de esta fe te olvidas,
Troya volveré a Cosencia,
hasta mirar sus cenizas.
CARLOS: Esta palabra te doy,
y mano desde este día
de esposo.
NINFA: Tuya soy, Carlos.
ALEJANDRO: (Celoso estoy, ¡muera Ninfa!   **Aparte**
Pues sirvo al rey y a mis celos.)

Encara el arcabuz contra NINFA y no da fuego

Cayóseme, ¡qué desdicha!
NINFA: ¿Qué es esto? ¡Villano!
ALEJANDRO: Espera,
detente.
CARLOS: ¡Qué alevosía!
NINFA: ¿Qué te obliga a darme muerte?
ALEJANDRO: ¡Señora!
NINFA: Habla.
ALEJANDRO: Codicia
de tu talla y celos; dame
muerte, que es bien merecida.
NINFA: Yo te perdono. Levanta,
que aunque las causas pedían
castigo, más es tu infamia,
y hoy he de hacer de las vidas
merced a cuantos pudiere,
de mi ventura en albricias,
y vete, porque un traidor
no es segura compañía.
César se vaya con él,
pues los secretos se fían

y son amigos tan grandes.
CÉSAR: ¡Señora!
NINFA: ¿Qué me replicas?
       Éste es mi gusto y es justo.
CÉSAR: Obedecerte es justicia.
       Vamos, Alejandro.
ALEJANDRO: César,
       celoso voy y sin vida.

*Vanse los dos. Suena dentro ruido de
                 cajas*

NINFA: ¡Hola! ¿Qué cajas son éstas?

Salen HORACIO y POMPEYO

POMPEYO: En nuestra demanda, Ninfa,
       se ha descubierto en el campo
       un tercio de infantería.
NINFA: Diligencias son del rey.
CARLOS: Escapar te determina
       conmigo, pues tengo postas
       que a los vientos desafían
       mientras esta furia pasa,
       y a que segura la vida
       en ninguna parte tienes.
NINFA: Vamos, que tuya es la mía,
       y sálvese quien pudiere.
CARLOS: Las postas, Roberto, aprisa.
ROBERTO   Mas ¿que ha de haber de nosotros?
       ¿Libros de caballería?

Vanse

HORACIO: Aguarda, enemiga, aguarda.
       ¿Dónde vas, ingrata Ninfa?
       Tras un centauro que ya

al viento en el curso imita.
¿Tan presto nos desamparas?
¿Cuando es menester te eclipsas,
sol escaso de Noruega?
Amigos, muera, seguidla,
y ese Paris de Calabria
muera con ella en la misma
Troya que con su belleza
su amor soberbio fabrica.
¡Muera Ninfa! Ea, soldados,
pues se ausenta y nos olvida.
¡Muera Ninfa!

*Vanse HORACIO y el compañero, metiendo mano a
las espadas, y dicen dentro*

TODOS: ¡Ninfa muera,
          y el Rey de Nápoles viva!

*Sale NINFA sola, como que se ha perdido en el
monte*

NINFA: Bien te llaman--¡oh, noche!--imagen muda
          de temor y la muerte, pues con tantos
          ojos apenas ves tus sombras negras,
          y siempre lloras y jamás te alegras.
          A Carlos he perdido en este monte,
          y cansado el caballo dio conmigo
          en este laberinto de jarales,
          sin estribos ni riendas, ¡bravo paso!
          Pienso que encuentro un monte a cada paso.
          ¿Qué haré, que estoy confusa? ¿Iré adelante?
          ¡Ah, Carlos, Carlos! ¿Nadie me responde?
          Sólo el silencio el eco ha interrumpido,
          que entre estas hojas respondió dormido.
          Rendida estoy, quiero pasar la noche,
          a quien muy corto término da el día
          al parecer, sobre esta verde grama,

pues no hay para quien quiere mejor cama.
Sueño, ocupad un poco los sentidos
poniendo un rato a mis recelos tregua,
hasta que pase la tiniebla obscura,
que poco a un desdichado el bien le dura.
Llegue el día que aguardo, llegue el día,
y en los brazos que adoro, regalada,
descanse el afligido pensamiento.
¡Carlos, Carlos! Mas ¡ay, que abrazo el viento!

*Échase a dormir, y dice entre
sueños*

¡Ay, gloria del amor, poco segura,
qué poco a un desdichado el bien le dura!
Si no me engaño, pienso que amanece,
y suena gente y música. ¿Qué es esto?
Ceñidos vienen de diversas flores,
aunque no me parecen labradores.

*Salen los LABRADORES, tres BAILADORES y van cayendo
en el pozo, como lo dice NINFA, al son de folias o
villano*

Alrededor de un pozo, que está en medio.
de aquellas verdes hayas, que ya el día
distintas muestra ya todas las cosas,
se ponen a bailar--¡extraño caso!--
cerca de un pozo, habiendo campo raso.
Uno de los más mozos que bailaban
cayó en el pozo, y los demás suspensos
se han quedado mirándole, y ahora
vuelven al baile y al primer estado
olvidados de aquello que ha pasado.
Otro ha caído agora, y se suspende
el que ha quedado, cual la vez primera;
ya éste vuelve a bailar; no los entiendo,
en lo que paran contemplar pretendo.

El último ha caído, y yo presumo
que debe de ser burla, y que es el pozo
fingido al parecer; llegarme quiero
y ver si dentro están, como han caído,
todos los que bailaban de esta suerte.

Asómase por el pozo y aparécese la
MUERTE

LA MUERTE: ¿Qué buscas en el pozo de la muerte?
NINFA: ¡Válgame el Cielo! ¿Es sombra del abismo,
o es sueño? No; que esta medrosa imagen
con mis ojos he visto. En esta selva
debe de estar mi muerte y mi desdicha.
El cielo me persigue, y no sin causa
en ella me he perdido. Grandes culpas
cometí contra el cielo, pues que tengo
a cargo tantas vidas, tantos robos.
Todo es sombras y miedos cuanto miro;
no me puedo salvar, ya está cerrado
de mi sentencia el último proceso;
amigos y enemigos me persiguen,
cielo y tierra. ¿Qué haré, que ya no puedo
en cuanto mira el sol estar segura?
Desde aquí se ve el mar. Este peñasco
triste teatro de mi muerte sea,
de tantos enemigos ofendida,
porque ninguno triunfe de mi vida.

Va a arrojarse NINFA, y sale un ÁNGEL y
detiénela

ÁNGEL: Ninfa, no te desesperes;
que no has de serlo del mar,
que más hermoso lugar
te han dedicado.
NINFA: ¿Quién eres?
ÁNGEL: Un amigo, el más amigo

que en tus sucesos tuviste;
que desde que tú naciste
ha andado siempre contigo.
NINFA: No te conozco.
ÁNGEL: Después,
Ninfa, me conocerás,
y si me sigues, tendrás
bien de mayor interés.
NINFA: Ya seguirte no recelo;
llévame a cualquier lugar.
ÁNGEL: Deja el ser ninfa del mar
que has de ser ninfa del cielo.

FIN DE LA SEGUNA JORNADA

<h1 style="text-align:center">JORNADA TERCERA</h1>

Sale NINFA sola

NINFA: Humanos desengaños,
hacedme solamente compañía,
y vosotros, engaños
del mundo, allá os quedad desde este día;
basta lo que dormidos
a la verdad tuvistes mis sentidos.
Como culebra quiero
para otra nueva vida renovarme,
donde clemencia espero,
si acierto de una vez a desnudarme
del hábito que ha hecho
lavil costumbre de mi ingrato pecho.

*Vase quitando las armas, el ristre y bonete, y valos
 colgando de las ramas, de algún clavo a propósito*

Quedad por estos pobos,
bárbaros instrumentos de la muerte,
de insultos y de robos,
que con el dueño de la misma suerte
merecistes castigo
a no tener el cielo por amigo;
a cuya hermosa cara
los vergonzosos ojos alzo apenas,
viendo que, aunque me ampara,
tantas ofensas de crueldades llenas
contra él he cometido,
a quien piedad de tantas culpas pido.
Valad, plumas, al viento,
galas del loco abril de mis antojos,
y las del pensamiento

sirvan para traer agua a mis ojos;
y queden los cabellos
para esconderse mi vergüenza en ellos.
Monte, en lo más espeso
de tus obscuras lóbregas moradas,
a un huésped nuevo, a un preso
recibe entre las ramas intrincadas
del laberinto tuyo,
que en ti, a Dios me presento y restituyo.
Arrugadas cortezas
sean mis colgaduras de damascos;
sírvanme tus malezas
platos de hierba en mesas de peñascos,
y denme, entre esos troncos,
canta de campo tus silvestres troncos.
Perdóname,entretanto.
que tu soledad santa reverencio,
si violare con llanto
y debidos suspiros tu silencio.

Dentro

CARLOS: ¡Ninfa, Ninfa!
NINFA: Ya es tarde.
          Del mundo, Carlos, huyo; Dios te guarde.

Vase. Salen CARLOS y ROBERTO

CARLOS: !Ninfa, Ninfa!
ROBERTO: ¿Dónde vas,
          siguiendo, Carlos, el viento?
          ¿No miras que es por demás
          aunque así a tu pensamiento
          alas sin provecho das?
            ¿De qué sirve ninfear
          por la tierra y por la mar,
          si te la ha escondido el cielo
          o se la ha tragado el suelo

y no te la quiere dar?
    Toda una noche y un día
hemos andado tras ella
llamándola.
CARLOS: ¡Ninfa mía!
    ¿dónde estás?
ROBERTO: Culpa tu estrella,
    pues yendo en tu compañía
    supiste tener tan poco
cuidado que...
CARLOS: Yo estoy loco;
Roberto. No me des más
pesares.
ROBERTO: ¿No me dirás
el fin? Si no te provoco
    a enojo también, ¿adónde
vamos hechos caballeros
andantes? Carlos, responde.
CARLOS: Tras los hermosos luceros
de Ninfa.
ROBERTO: Si los esconde
    el cielo para alumbrar
con ellos la tierra y dar
al sol rayos y arrebol,
Carlos, pidelos al sol,
que no los podrá negar;
    que entre sus rayos dorados
por su resplandor divino
estarán aposentados.
CARLOS: ¡Ay, Roberto, que imagino
que están sin luz y eclipsados!
ROBERTO: ¿Qué quieres decir en eso?
Que no te entiendo, confieso.
CARLOS: Que Ninfa es muerta.
ROBERTO: Señor:
    siempre recela el amor.
el más dañoso suceso;
    que el amor todo es recelos
en las sospechas y celos,
en la ausencia, en el desdén,

hasta que seguro el bien
corre al engaño los velos.
CARLOS: Roberto: espera.
ROBERTO: ¿Qué dices?
CARLOS: ¿Son antojos del deseo
de mis venturas felices
lo que en estas ramas veo?
ROBERTO: Serán hojas y raíces.
CARLOS: No es sino Ninfa, Roberto,
o el deseo me ha engañado.
ROBERTO: Eso será lo más cierto.
CARLOS: ¿No es aquel ristre bordado
y aquel bonete cubierto
  de plumas prendas dichosas
de su beldad celestial?
ROBERTO: Hoy en tu centro reposas.
CARLOS: ¡Ninfa, Ninfa!
ROBERTO: Al viento igual
exceder sus plantas osas;
  que debe de huír de ti,
pues no responde a las voces
que le has dado desde aquí.
CARLOS: Mal un amante conoces.
Mi bien, aguarda. ¡Ay de mí!
  Como sombra me has burlado
cuando te toqué engañado.
ROBERTO: Como delincuente ha sido
que de tus manos ha huido
y la capa te ha dejado,
  porque hacerte toro a ti
fuera la comparación
más pesada.
CARLOS: Estoy sin mí;
ciertas mis sospechas son.
ROBERTO: ¿Cómo?
CARLOS: A Ninfa han muerto aquí,
  o la está despezando
alguna fiera. Yo voy
pasos por su sangre dando.
ROBERTO: A Píramo y Tisbe estoy

en Ninfa y en ti mirando.
CARLOS: Su misma muerte has de ver.
        Árboles que habéis de ser
        de mi desdicha testigos,
        a un triste mudos amigos
        si amigos puede tener;
           peñas duras, troncos huecos,
        cuevas lóbregas, sombrías,
        monte oscuro, prados secos
        a quien da lenguas tardías
        el aire de vuestros ecos;
           escasas y turbias fuentes,
        arroyos que sois serpientes
        de esta cumbre despeñados,
        primero hielos atados,
        ya desatadas corrientes;
           ansí todos os veáis
        con lo que más deseáis
        por la generosa mano
        del sol rubio y del verano,
        que de Ninfa me digáis
           adónde está Ninfa, ¿adónde?
        ¿Dióle muerte alguna fiera?
        ¿Nadie a mis voces responde?
ROBERTO: Aguarda, señor, espera,
        y a quien eres corresponde.
CARLOS: Déjame morir, Roberto.
        Sepulten mi cuerpo frío
        las grutas de este desierto;
        de Ninfa soy, no soy mío,
        sin ella mi fin es cierto.
           Prendas queridas y halladas
        por mi mal, de vuestro dueño
        dadme nuevas regaladas,
        porque me parecen sueño
        todas las glorias pasadas.
           ¿Dónde está Ninfa?
ROBERTO: Señor
        ¿cómo te han de responder?
CARLOS: Alma les dará mi amor;

                    pero Ninfa no es mujer,
                    aunque nació en Valdeflor,
                       para que pueda morir.
                    Viva está, yo he de seguir
                    mis suspiros y alcanzarla;
                    y en las estrellas buscarla
                    cuando de mí quiera huír.
ROBERTO: ¡Quién tal de tu amor creyera!
CARLOS: Mi bien, aguárdame, espera,
                    que si al cielo te has subido
                    alas al Amor le pido.
ROBERTO: ¡Linda está la ventolera!
                       Amadís y Galaor
                    andamos hechos de amor
                    sin que la dicha nos sobre,
                    hasta que en la Peña Pobre
                    estés penando, señor.
CARLOS: Roberto, Amor lo concierta.
                    A Ninfa en tierra o en mar
                    he de buscar viva o muerta.
ROBERTO: Comiénzala a vocear.
CARLOS: ¡Ninfa, Ninfa!
ROBERTO: A esotra puerta.

*Sale un **LABRADOR***

LABRADOR: Si buscáis una mujer
                    de hermosura celestial,
                    diosa o ninfa, al parecer,
                    por este blanco arenal
                    al aire intenta vencer.
                       No sé qué lleva; parece
                    cierva herida, según va,
                    y ansiosa el agua apetece
                    de este río, donde ya
                    el névado pecho ofrece.
                       Ya dejó la blanca arena
                    y entre la nevada espuma

parece ahora sirena
con quien no es bien que presuma
ser hermosa la que suena
    en el mar napolitano
despeñada y enriquece
el campo de cristal cano.
CARLOS: Roberto, a Ninfa parece.
ROBERTO: Darle voces será en vano,
        que no nos podrá escuchar.
CARLOS: Lleguémonos a la orilla
        donde las podamos dar.
ROBERTO: La noche podrá encubrilla,
        que ya comienza a bajar.
            Ya no se ve.
CARLOS: ¿Qué ocasión
        puede moverla, Roberto?
ROBERTO: No sé.
CARLOS: ¡Extraña confusión!
ROBERTO: El quererla es lo más cierto;
        que ésta es propia condición,
          Carlos, de toda mujer
        a quien más amor obliga.
CARLOS: Roberto, ¿no puede ser
        que, enamorada, me siga,
        y que llegase a entender
          que fue por darme ocasión
        para dejarla, y que así
        huyo de la obligación?
        Sígueme.
ROBERTO: Ya voy tras ti.
CARLOS: ¡Ninfa, Ninfa!

Vanse CARLOS y ROBERTO

LABRADOR.   Locos son.
        Ni al hombre ni a la mujer
        entiendo qué podrá sér.
        Ahora se han arrojado
        al río y pasan a nado

entrambos, al parecer;
   pero no es muy seguro el paso.
Voyme, que la noche empieza,
con mis cabras paso a paso.

Dicen dentro CARLOS y ROBERTO

CARLOS: ¿Vienes?
ROBERTO: San Juan de Cabeza.
CARLOS: ¡Ninfa, Ninfa!
LABRADOR.   ¡Extraño caso!

**Vase el LABRADOR, y sale NINFA, de
pobre**

NINFA: No hay cosa, Señor, que pueda
estorbarme que con tanta
diligencia os busque y siga,
que vos propio me dais alas,
y como de amor me habéis
herido, Señor, el alma,
herida y llena de fuego
vengo, como cierva al agua.
Ninfa soy ya de los ríos,
y la cabeza bañada
de la espuma saco a tierra
cortando las líneas plata.
Aquí ha de estar mi remedio,
conforme la soberana
voz del cielo me dio aviso
que por su Ninfa me aguarda.
La noche obscura se cierra
y las estrellas más claras
de negras nubes reboza
y tempestad amenaza.
Ya con agua y con granizo
los lóbregos senos rasgan,
y al soplo del viento gimen

          sacudidas estas ramas,
          y contra mí, al parecer,
          agora con justa causa
          se conjuran noche y nubes,
          vientos, peñascos y plantas.
          Pero allí, entre aquellas peñas,
          diviso una luz. Sin falta
          la cueva debe de ser
          de Anselmo, cuyas hazañas
          heroicas pregona el cielo.
          Ésta es la dichosa entrada
          y ésta es la puerta. ¿Qué bien
          a esta pobreza se iguala?
          ¿Qué corte a esta soledad?
          A este palacio, ¿qué alcázar?
          A esta humildad, ¿qué grandeza?
          ¿Qué ventura a dicha tanta?
          Quiero llamar, aunque rompa
          de su tranquila bonanza
          las treguas. ¡Anselmo, Anselmo!
          ¡Anselmo, Anselmo!

                    Dentro

ANSELMO: ¿Quién llama?
NINFA: Una mujer que el rigor
          de las nubes besa y baña
          con lágrimas tus umbrales.
          Ábreme, Anselmo, levanta.
ANSELMO: Perdona, mujer; que yo
          no puedo abrir. Pasa, pasa
          delante y déjame solo
          en mi quietud, que no faltan
          adonde ampararte cuevas.
NINFA: Tu persona es necesaria,
          Anselmo, para mí agora,
          que he venido en tu demanda.
          Mira que me envía el cielo.

*Sale ANSELMO, ermitaño, muy viejo y vestido de
palmas, con linterna*

ANSELMO: ¿Quién eres?
NINFA: Soy una esclava
          del demonio, una mujer
          la mayor y la más mala
          pecadora que ha tenido
          la tierra entre todas cuantas
          ha sustentado y sustenta.
          Soy, al fin, Ninfa.
ANSELMO: Levanta,
          ya te conozco. ¿Qué quieres?
NINFA: Anselmo, echada a tus plantas
          vengo a confesar mis culpas
          y a que me limpies el alma,
          que por la mano piadosa
          de Dios, Anselmo, guïada,
          a nado pasé este río,
          adonde supe que estabas.
          Dame, Anselmo, la más fiera,
          la más dura, la más rara
          penitencia que mujer
          haya hecho en carne humana;
          que he ofendido mucho al cielo.
ANSELMO: Esa contrición bastaba
          para infinidad de culpas.
          Levanta, Ninfa, levanta,
          y pluguiera a Dios que yo
          en cuarenta años que pasan
          que ha que vivo en esta cueva
          vestido de secas palmas,
          siendo hierbas mi sustento
          y dos peñascos por cama,
          hubiera medrado, Ninfa,
          en la conciencia, en el alma,
          tanto como tú en un día
          no más.

NINFA: ¡Qué humildad tan santa!
ANSELMO: Entra en esta cueva, adonde
        jamás entró humana planta
        después que yo vivo en ella
        sino tú agora, y aguarda
        del cielo largas mercedes,
        que la mano soberana
        de Dios quiere hacerte ninfa
        del cielo.
NINFA: En las penas largas
        del infierno mis delitos,
        Anselmo, apenas se pagan.

*Vanse. Salen CARLOS y ROBERTO mojados, que han
                        pasado a nado*
CARLOS: Ya piso tierra, Roberto.
ROBERTO: ¡Lindamente, Carlos, nadas!
CARLOS: Gracias a Dios que la arena
        toco; a pesar de las aguas.

Sale ROBERTO como nadandoen seco

ROBERTO: Aún estoy yo todavía
        en el golfo.
CARLOS: Pára, pára,
        que va estás nadando en seco.
ROBERTO: ¡Hablara para mañana!
        Nunca más burlas con ríos;
        que tienen bellacas armas.
        Nade un delfín que lo entiende,
        hijo y vecino del agua,
        que de aquí adelante soy,
        si el demonio no me engaña,
        de parte de los mosquitos
        que en pipas de vino nadan.
        ¡Buenos estamos, por Dios!
        Pasados de este otra banda
        por el agua como huevos.
        ¡Oh, cinco veces mal haya

quien sirve a loco señor,
quien tras vanos cascos anda,
hecho fantasma en la tierra
y hecho labanco en el agua!
Pues la noche nos ayuda,
agua, Dios, hasta mañana,
agua abajo, y agua arriba,
ella es famosa empanada.
Tiempo pato, tiempo sopa,
tiempo hongo, tiempo rana,
tiempo muela de barbero,
tiempo arroz, tiempo linaza.
¿En qué ha de parar aquesto?
¿Soy garbanzo, soy patata
soy abadejo, soy berro?
¿Qué me quieres?
CARLOS: Ninfa, aguarda.
         ¿Adónde estás, dónde huyes?
         Roberto.
ROBERTO: ¿Qué es lo que mandas?
CARLOS: ¿Divisas a Ninfa?
ROBERTO: ¡Bueno!
         ¡La pregunta está extremada!
         Pues no sé si estás ahí
         sino sólo cuando hablas,
         ¿y dices si la diviso?
         ¡Famosamente despachas
         mis servicios!
CARLOS: Pues, Roberto,
         vamos los dos a buscarla.
ROBERTO: Estoy aguado, no puedo
         y a un rocín, sin tener alma,
         cuando lo está, no le corren,
         o de corrido descansa,
         aunque si ya los criados
         plaza de rocines pasan,
         ya he cerrado en tu servicio.
         Viejo estoy, échame albarda,
         ponme a una noria, que suelen
         al caballo de más fama

cuando ya no es de provecho,
en las más prósperas casas,
dar este pago los dueños
y las dueñas o las amas,
y más si sabe estas cosas
la duquesa de Calabria.
CARLOS: No hay Calabria ni hay Duquesa;
sola Ninfa es la que manda
dentro del alma, Roberto.
ROBERTO: ¡Nunca yo a verla llegara,
nunca yo la conociera!
CARLOS: La más lóbrega y extraña
noche es que he visto.

ROBERTO: ¿No escuchas,
si no es que el miedo lo causa,
Carlos, un son de cadenas?
CARLOS: Los sentidos acobarda.
ROBERTO: ¿Nosotros, señor, habremos
venido a parte que vayan
nuestros nombres solamente
a Cosencia?
CARLOS: ¡Cosa rara!
ROBERTO: En este desierto debe
de andar penando alguna alma
de las que ha sacado Ninfa
con la pistola o la espada
sino es acaso la suya
que a la violencia del agua
rindió la tirana vida
que ha sido
CARLOS: Roberto, calla,
que la belleza de Ninfa
es inmortal, y no basta
la muerte a vencerla.

Suena ruido

ROBERTO: ¿Escuchas?
        Ya se acerca la fantasma.
CARLOS: No temo nada, Roberto.
ROBERTO: Ya sé, y mucho más batalla
        con estómagos de viento,
        que pasan las estocadas
        por el aire y queda un hombre
        en brazos de una tarasca
        que le hace harina los huesos,
        sin mirar, ni tocar nada.

Suena ruido

        De veras va esto. Se acerca.
CARLOS: No temas, que la mañana,
        desmentidora de sombras
        de la noche oscura helada,
        abre las puertas al sol
        y reciben las montañas
        en fuentes de peña viva
        racimos de oro y de nácar,
        y no hay temor que amedrente
        cuando a la tierra acompañan
        los rayos del sol.
ROBERTO: Agora
        entre aquellas peñas pardas
        parece que un monstruo viene
        andando hacia acá y arrastra,
        una cadena por tierra.
        ¡Pesada, espantosa carga:
        notablemente me asombra!
CARLOS: No es monstruo, cosa es humana
        que con el largo cabello
        lleva cubierta la cara
        y el cuerpo de pardas pieles.
        ¡Prodigiosa vista!

75/93

ROBERTO: Espanta.
CARLOS: Una calavera lleva
     en la mano izquierda y rasga
     con la derecha y con una
     piedra el pecho.
ROBERTO: Ella es extraña
     penitencia.

*Sale NINFA como se ha dicho por una puerta y
éntrase por otra*

CARLOS: Ya se vuelve
     huyendo, que al viento iguala
     como nos ha visto.
ROBERTO: Pienso
     que es mujer.
CARLOS: Y no te engañas.
     El alma me da, Roberto,
     que es Ninfa, y me lleva el alma.
ROBERTO: ¿Ninfa vestida de pieles
     con cadena y con la amarga
     de la muerte imagen fea,
     rompiendo la no tocada
     nieve de su pecho? Es sueño,
     es burla.
CARLOS: Mujer, aguarda,
     si eres Ninfa o sombra suya
     a mi voluntad ingrata.
     Carlos. soy.

Dentro

NINFA: No te conozco,
     hombre. No me sigas.
CARLOS: Pára,
     refrena el ligero curso.
NINFA: Busca a Dios.
ROBERTO: Ése te valga,

y de esta sombra te libre
que te sigue y no te alcanza;
y ansí me da un amo cuerdo,
que no es pequeña ventaja.

*Vanse. Sale NINFA sola como antes, de
penitencia*

NINFA: Si esta persecución, Señor, importa

para regalo mío, vengan muchas,
que siendo Vos mi amparo no las temo,
aunque me sigan con mayor extremo.
Anselmo, a cuyos pies mis culpas dije
y me dio la divina Eucaristía,
dándome esta cadena en penitencia,
que fue cilicio suyo y esta dura
peña con que mi pecho y mis entrañas
con la memoria de la muerte fiera
de acero duro las convierte en cera,
y aquestas pieles de animales fieros,
segunda vez pasar me manda el río
y que apartada de él en la otra banda
en la gruta más áspera procure
adelante llevar mi pensamiento,
porque vemos ejemplos cada día
del mal que causa nuestra compañía.
Barca parece que hay dentro del río
y el barquero ha saltado en tierra agora,
que con la lluvia de la noche oscura
soberbio raudal lleva, y la creciente
es imposible que pasarla intente,
menos que en puente o barca, y quizá el cielo
por esta parte me encamina.

Sale un BARQUERO

BARQUERO: ¿Quieres
    pasar, mujer, el río?
NINFA: Sí, quisiera,
    que me importa pisar la otra ribera.
BARQUERO: Entra en la barca, pues.
NINFA: No tengo cosa
    que darte.
BARQUERO: Eso no importa, si eres pobre.
    Vamos, camina aprisa.
NINFA: El bien te sobre.

Vanse. Salen ROBERTO y CARLOS

CARLOS: Sombra debió de ser, Roberto, aquélla,

    que el viento la llevó.
ROBERTO: Los que han perdido
    todo es antojos cuanto ven. Concluye
    imaginando que perdiste a Ninfa
    y que si bien te quiere ha de buscarte,
    y que si no, que es imposible cosa,
    aunque corras la tierra en busca suya,
    ni aunque surques el mar a vela y remo,
    que la mujer olvida con extremo.
    Advierte que eres duque de Calabria,
    que tienes por mujer tan gran señora,
    que lo menos que tiene es ser legítima
    hija de un rey de Nápoles, y mira
    no te castigue el cielo.
CARLOS: Como cuerdo,
    Roberto, me aconsejas; yo estoy loco.
    Dar vuelta procuremos a Cosencia
ROBERTO: Hace como quien es vuestra excelencia.

Da voces dentro NINFA

NINFA: ¡Que me ahogo! ¡Socorro!
CARLOS: Voces suenan.

ROBERTO: Serán de ganaderos.
NINFA: ¡Que me ahogo!
CARLOS: Voces son de mujer; guía, Roberto,
        a la puente.
ROBERTO: ¡Notable desconcierto!

NINFA: ¡Que me ahogo, piedad!
BARQUERO: No saldrás, Ninfa,
        con lo que intentas esta vez, ni el cielo
        ha de poder librarte, ni ese viejo
        Anselmo, mi enemigo. ¡Muere, ingrata,
        que el mismo a quien serviste ése te mata!
        No has de lograr la penitencia. ¡Muere!
        Pues has sido mi esclava en mi servicio,
        que no te has de alabar de la vitoria
        del haberme dejado a tan buen tiempo.

Sale el ÁNGEL custodio

ÁNGEL: Ya no es tu esclava, cese tu castigo.
        Ninfa es del cielo. Apártate enemigo.
BARQUERO: ¿Hasta aquí me persigues? ¿Qué me quieres?
ÁNGEL: Quitarte a Ninfa.
BARQUERO: Vesla ahí.
ÁNGEL: Barquero
        infernal, vete agora.
BARQUERO: Yo me parto;
        mas yo me vengaré.
ÁNGEL: Vete, enemigo.
        Sígueme, Ninfa.
NINFA: Ya, mi bien, te sigo.

UNO: Aquí vueselencia puede,
          si quisiere, descansar.
DUQUESA: Ya no hay, Ortensio, lugar
          para mi descanso. Excede
            la pena al mayor descanso,
          el pesar al mayor gusto,
          que puede mucho un disgusto.

Sale un PASTOR

PASTOR: Tienes de pagarme el ganso.
DUQUESA: ¿Qué tiene ese labrador?
PASTOR: Señora, pues me ha escuchado,
          un criado mal criado
          tuyo entró por Valdeflor
            cuando pasó por allí
          agora su señoría,
          con toda la fantasía
          que en toda mi vida vi;
            y al pasar della laguna
          una pedrada tiró
          a un ganso, y me le mató
          sin helle cosa ninguna,
            y no me quiere pagar
          lo que vale.
DUQUESA: ¿Quién ha sido?
PASTOR.   A fe, si hubiera querido
          la señora del lugar
            que estuviéramos mejor
          de lo que estamos tratados,
          pues tien vasallos honrados.
DUQUESA: No os aflijáis, labrador.
            Hacedle dar lo que vale,
          y vuélvanle luego el ganso.
PASTOR: Dios le dé mucho descanso,
          porque la presencia iguale
            siempre a tan grande valor

como muesa aquese pecho.
DUQUESA: Venid acá: ¿qué se ha hecho
          Ninfa?
PASTOR: Dejó a Valdeflor,
          y por su bellaquería
          o poco recato, en fin,
          la gozó un hombre roín
          estando allá en su alquería,
          y burlada la dejó;
          y ella, loca y agraviada,
          por quedar de éste vengada
          bandolera se tornó;
          hasta qué enviando el rey
          un tercio de infantería,
          su furia huyó en compañía
          de un caballero sin ley
          que dicen que era casado,
          y aun hay quien ha dicho aquí
          que era el duque...
DUQUESA: Acaba, di.
PASTOR: De Calabria, y que le ha dado
          la palabra de matar
          a su mujer, que diz que es
          una santa, y que los pies
          no le merece él besar.
              ¿De qué lloráis?
DUQUESA: Hame dado
          compasión esa mujer.
PASTOR: Otra tal encontré ayer
          viniendo tras mi ganado
            de esa montaña al pasar.
          Sentíla que caminaba,
          que atrás el viento dejaba
          sin volver, hasta llegar
            al río, donde se echó,
          y un hombre que la seguía
          con otro en su compañía
          dándole voces, cortó
            también el agua tras ella.
DUQUESA: ¿Cómo la llamaba?'

PASTOR: El nombre
        no le escuché bien.
DUQUESA: ¿Y el hombre?
PASTOR.   Era de presencia bella
        y que moviera a respeto
        a cualquiera su persona.
DUQUESA: (A fuego y sangre pregona   **Aparte**
        en público y en secreto
          la Fortuna contra mi
        guerra de celos crüel.
        El duque es éste, y si es él
        ya el bien y la paz perdí;
          porque, aunque son ilusiones
        los celos imaginados,
        cuando son averiguados
        son ciencia sin opiniones.
          Quiero averiguarlos más.)
        ¿Conoces a Ninfa?
PASTOR: No;
        porque después que murió
        su padre, nunca jamás
          los de Valdefior la vimos,
        hasta que, siendo mayor
        por el campo a Valdeflor
        trocó, aunque todos sentimos
          el faltar de su lugar
        en extremo.
DUQUESA: ¿Esa mujer
        que encontraste, puede ser
        de ese modo?
PASTOR: Que pensar
          con aqueso me habéis dado;
        porque huyendo del furor
        del rey, con tanto valor
        puede ser se haya escapado
          y yo no la conociese;
        pero el galán, ¿quién sería,
        que tan loco la seguía?
DUQUESA: Puede ser que el duque fuese.
PASTOR: La presencia era, pardiez,

de duque o de gran señor.
DUQUESA: Llevad este labrador;
que he de salir esta vez,
Ortensio, de mi sospecha.
PASTOR: ¿Dónde me quieren llevar?
DUQUESA: Guía hacia el mismo lugar
que dices.
UNO: No te aprovecha
querer dar excusas ya.
DUQUESA: Llevadle.
PASTOR: ¡Señora!
DUQUESA: ¡El coche,
hola!
PASTOR: ¿Vine de allá anoche
y he de volver hoy allá?
UNO: ¿Qué importa, pues interesa
paga, que mil leguas ande?
¿No basta que te lo mande
mi señora la duquesa?
PASTOR: ¡Nunca yo pidiera el ganso!
DUQUESA: (¡Qué me cuestas de desvelos,   **Aparte**
Carlos! Mas ¿cuándo los celos
dieron al alma descanso?)

                    Vanse todos. Sale NINFA sola
NINFA: Tente, aguarda, esposo amado.
¿Cómo te vas y me dejas,
y de mis brazos te alejas?
¿Qué nuevo amor te ha llevado?
¿Tampoco estás satisfecho,
dejándome en triste calma
del que me enamora el alma
y del que me abrasa el pecho?
Dormida me habéis dejado
y os vais, Señor, ¿cómo es esto?
Volved a casa tan presto.
¿Me habéis, mi bien, olvidado?
¡Ay, que me abraso, por vos!
Volved, gloria de mi vida,
que estoy de amores perdida.

Tomad el alma, mi Dios.

    Volved, no me deis enojos,
porque, entretanto que voy
tras vos, mi bien, Ninfa soy
de las fuentes de mis ojos.

    Árboles, fuentes y peñas,
al alma no le escondáis,
que porque de él me digáis,
yo os daré todas las señas.

    Es a la parda avellana
semejante su cabello;
al blanco marfil, su cuello;
sus mejillas, a la grana;

    su frente es nevada falda,
que de mil claveles rojos
termina, un valle; sus ojos
son dos soles de esmeralda;

    corona las niñas bellas
de celajes carmesíes;
sus labios llueven rubíes;
sus dientes nievan estrellas.

    ¿Hay quién de él me diga, hay quién
me le enseñe?   Peñas duras,
arboledas, fuentes puras,
decid, ¿dónde está mi bien?

Se asoma CRISTO en la fuente

CRISTO: ¡Ninfa!
NINFA: eñor, ¿dónde estais?
CRISTO: Aquí en esta fuente estoy.
NINFA: Allá a ser Narciso voy,
    si vos, Señor, me miráis.
CRISTO: Llega, llega.
NINFA: ¡Esposo mío,
    mi bien, mi Señor, mi Dios!
CRISTO: Presto, Ninfa, de los dos,
    ya que en tu valor confío,
     el desposorio verás;

que a las vistas vengo así.
Presto partirás de aquí
y al sol belleza darás,
    y para no ser ingrato
amante, lo que esté ausente,
Ninfa mía, en esta fuente
te dejaré mi retrato,
    aunque es imposible estar
ausente de nada yo.
NINFA: ¡Mi bien, Señor!

*Desaparece el CRISTO. Asómase CARLOS en lo
alto, encima de la misma fuente*

CARLOS: No igualó
al viento vela en el mar,
    como tras Ninfa me lleva
el pensamiento forzado
de mi enemigo cuidado
en demanda de su cueva;
    que mudando el pensamiento
del amor que me tenía,
en estos montes porfía
ser prodigioso portento.
    Y así tras sus pasos voy,
celoso y determinado,
que de ver que me ha olvidado
corrido en extremo estoy;
    y aun rabio de verla ansí
de otro dueño enamorada.
Toda ésta es peña tajada,
no puedo pasar de aquí.
NINFA: Mi bien, no os vais tan aprisa,
dadme un abrazo, Señor,
que quedo muerta de amor.
CARLOS: Aquélla que se divisa
    sóbre aquella fuente agora
es Ninfa, si no me engaño.
NINFA: ¿Por la imagen de mi daño

truecas la que el alma adora?
     Fuente, ¿qué es esto? ¡Ay de mí!
Pues donde el cielo me honró,
del perro que me mordió
el retrato miró en ti.

Alza los ojos arriba y quiere huír

     Allí está el original:
huír quiero.
CARLOS: ¡Extraña cosa!
     Mi bien, aguarda, reposa.
NINFA: Causa de todo mi mal,
     déjame.
CARLOS: Aguarda, o si no
     me despeñaré de aquí.
NINFA: Si se despeña de allí
vengo a ser la causa yo
     de perderse un alma, y son
los peligros que recelo
extraños. Si aguardo...¡ay cielo!...
¿qué haré en tanta confusión?
CARLOS: ¿Cómo es posible que olvidas
tanto amor y voluntad?
NINFA: Sigo, Carlos, la verdad
del cielo; el bien no me impidas.
     Déjame, que ya no soy,
Carlos, la que conociste;
ya soy una sombra triste,
ya con otro dueño estoy.
     Dios ha tenido de mí
lástima, y me ha remediado,
y matrimonio he tratado
con Él. Carlos, vuelve en ti;
     que ya soy de Dios esposa,
y tuya no puedo ser;
vuélvete con tu mujer,
que es honesta y virtuosa.
     Ya yo no estoy de provecho

86/93

para el mundo, que me tira
otro pensamiento; mira
hecho pedazos el pecho,
    sangriento el cuerpo y llagado,
porque con, esta cadena
que arrastro por tierra en pena,
y prisión de mi pecado,
    justamente le castigo
toda la noche y el día,
que ha sido del alma mía
mi más mortal enemigo.
    Todas las cosas se acaban,
Carlos, y la edad ligera
lleva nuestra primavera
a la muerte y no se alaban
    los homenajes apenas
que pudieron resistir
a los tiempos sin rendir
a la tierra sus almenas.
    Carlos, tu vida gobierna
en lo mejor de tus años,
pues ves tantos desengaños,
que hay muerte y hay pena eterna.

Vase

CARLOS: Venturosa penitente,
ya que esa causa te aleja
de mí, que te bese deja
las plantas. Ninfa, detente.

*Vase también. Salen la DUQUESA, ROBERTO y
toda la compañía con ellos*

ROBERTO: Señora, en esta ocasión
que debes tanto a Roberto,
siguiendo sin seso al duque
como a tu cuidado pienso

injustas o justas cosas
quien no obedece sirviendo
a su dueño, y más en éstas
que no han tenido remedio.
Para el suyo te ha traído,
sin duda, señora, el cielo,
porque en estos montes anda
sombra y engaños siguiendo.
DUQUESA: Aunque el duque me aborrece,
Roberto, le adoro y quiero
más que a mí misma, y ansí
ansiosa a buscarle vengo.
La fama, que siempre ha sido
de todas nuevas correo,
me avisó de la jornada
del duque y de su suceso.
Sin poderme resistir
partí de Cosencia luego,
encaminada a este bosque
de mi amor y de mis celos,
que con sola mi persona
reducir acá los pienso
sin darle a entender que han sido
causa mis rabiosos celos.
Pártete con la mitad
de mis criados, Roberto,
hasta que el duque encontréis,
diciéndole cómo quedo
cazando en el bosque a causa
de haber venido a este puerto
en devota romería
a ver la ermita de Anselmo,
un varón santo que dicen
que vive en este desierto,
y me entretengo cazando
en tanto que a verle vuelvo,
encubriendo lo posible
que ha sido otra causa.

ROBERTO: Hoy veo
          en ti un romano valor.
DUQUESA: Que he sabido que a lo mesmo
          se ha detenido, y que estoy
          loca de gusto y contento.
ROBERTO: Vamos.
DUQUESA: Quizás pondré ansí
          a mis desdichas remedio.
ROBERTO: Huélgome, porque salgamos
          de ser amantes del yermo.

Vase

UNO: Puesto que de tus sospechas
          hayas visto los efetos,
          diviértete, si es posible,
          que te matarán los celos.
OTRO: ¿Quieres que echemos un gamo
          porque le mates?
UNO: Yo creo
          que uno corta aquellas ramas
          agora.
DUQUESA: Matarle quiero;
          haré verdad el achaque
          y con él lisonja al dueño
          que adoro y huye de mí.
UNO: Tírale y pásale el pecho
          con el venablo.
DUQUESA: Camilo,
          rayo será de mis celos.
OTRO: Cayó en tierra.

***Tira el venablo la DUQUESA, y dice NINFA
dentro***

NINFA: ¡Muerta soy!

DUQUESA: Voz humana fue.

Sale NINFA con el venablo atravesado

NINFA: Ya el cielo
    venganza de tantas vidas
    ha tomado en mí, que en tiempo
    ninguno puede faltar
    la verdad de su evÁNGELio.
    Quien a hierro mata es justo
    que muera también a hierro.
DUQUESA: Llegad y mirar quién es.
NINFA: ¿Eres tú la que me has muerto?
DUQUESA: ¿Quién eres?
NINFA: Una mujer
    que ha ofendido mucho al cielo
    y que pago mis pecados
    de esta suerte.
DUQUESA: ¡Él es portento
    prodigioso!
NINFA: Ya, señora,
    que en las manos vuestras muero,
    decid quién sois.
DUQUESA: La duquesa
    de Calabria, que entendiendo
    que eras algún animal,
    entre estas ramas he hecho
    cosa que me pesa tanto.
NINFA: Justamente me habéis muerto,
    porque os he ofendido, mucho.
DUQUESA: ¿Quién eres?
NINFA: Un monstruo fiero
    de Calabria, un basilisco,
    una víbora, un incendio.
DUQUESA: ¿Quién eres, mujer, al fin?
NINFA: Ninfa soy.
DUQUESA: ¡Válgame el cielo!
    ¿Tú eres Ninfa?

NINFA: Yo soy Ninfa,
      que pago lo que te debo;
      perdóname en este trance
      las ofensas que te he hecho,
      porque morir a tus manos
      son soberanos secretos.
DUQUESA: Admirada estoy. ¿Qué hacías
      de tal suerte?
NINFA: Estaba haciendo
      penitencia de mis culpas.

Sale CARLOS

CARLOS: ¡La duquesa aquí! ¿Qué es esto?
      ¿Quién te ha muerto, Ninfa?
NINFA: Carlos,
      no te alteres, que es del cielo
      en mi predestinación
      inexcrutable rodeo.
      Pensando que era animal
      tu esposa misma me ha muerto,
      que, para descanso mío,
      es de mi muerte instrumento.
CARLOS: Déjame besar mil veces
      esas heridas.
NINFA: Al cuerpo
      no me toques. Tente, Carlos.
CARLOS: Haré locuras y extremos.
NINFA: Carlos, lo que importa más
      es buscar a Dios, que aquesto
      es regalo para mí.

Aparece el CRISTO bajando en una peana, y va subiendo
NINFA en otra

CRISTO: ¡Ninfa esposa!
NINFA: ¡Amado dueño!

CRISTO: Nuestras bodas se han llegado.
             Vestido de boda espero.
             Venid, hermosa paloma,
             que ya ha pasado el invierno,
             y en el inmortal abril
             las flores aparecieron.
             Llegad a mis brazos, Ninfa,
             y Ninfa sólo del cielo.
NINFA: Mi bien, mi gloria, mi esposo,
             por vuestro costado quiero
             entrarme en Vos.
CRISTO: Ya estáis, Ninfa
             y querida esposa, dentro.
NINFA: Apretadme más los brazos,
             mi bien, mi amor, mi remedio,
             que en ellos...
CRISTO: Valor, esposa.
NINFA: Mi espíritu os   encomiendo.

Ciérrase la cortina como se abrió

CARLOS: ¡Oh, prodigio soberano!
             Altos son vuestros secretos,
DUQUESA: Señor, notables favores
             a una mujer habéis hecho.
CARLOS: Esto el cielo ha permitido,
             Dïana, para bien nuestro.
             Perdonad, que yo daré
             de mi vida tal ejemplo
             que admire mi penitencia.
             Llevemos el santo cuerpo
             para que dé admiración
             la santidad y el suceso.
DUQUESA: Con la majestad debida
             y ostentación la llevemos
             para patrona.

CARLOS: Y aquí
          da fin la Ninfa del Cielo,
          cuya prodigiosa vida,
          por caso admirable y nuevo,
          Ludovico Blosio escribe
          en sus morales ejemplos.

FIN DE LA COMEDIA